KAWAII KEDO SAIKYOU?
可愛いけど最強？
異世界でもふもふ友達と大冒険！
2
著 ありぽん
ill. 中林ずん

Characters
登場人物紹介
スノーラ
レンとルリの保護者。本当は白い虎の魔獣だが人型にもなれる。
レン
気が付くと二歳児の姿で森の中にいた少年。慣れない幼児の体で、異世界生活楽しんでます。
アイス
監禁されていたところをスノーラ達に助け出された、モモッコルという魔獣。
ルリ
レンに助けられ、契約した小鳥。とても珍しい、綺麗な瑠璃色の体色をしている。

エンシェントドラゴン
スノーラの知り合いのドラゴン。安息の地を求めてやってきた。
ブラックホード
人型になれるペガサス。スノーラの知り合いで、街の近くの森に住む。
ドラちゃん
エンシェントドラゴンの息子。あっという間にレンと仲良しに。

第1章　初めての依頼、次々起こる問題

僕は長瀬蓮《ながせれん》。普通の中学生だったんだけど、気がついたら、知らない森に一人でいました。

しかも、二歳児の姿で！

これからどうなっちゃうか不安だったんだけど、スノーラっていう白い虎《とら》の魔獣に拾われたり、弱っていた青い小鳥を助けてルリって名前をつけてあげたり……それで、二人と一緒に住むことになりました。

それからしばらく経ったある時、僕達は、森の近くにある街——ルストルニアの領主さんのところに引っ越すことに。

領主のローレンスさん、奥さんのフィオーナさん、二人の長男のエイデンお兄ちゃんに、次男のレオナルドお兄ちゃん。ローレンスさんが契約しているブラックパンサーのバディーと一緒に暮らしていた僕。

スノーラの知り合いのペガサス、ブラックホードさんの子供が攫《さら》われたことが判明したり、それがルリが森で弱っていた原因に繋《つな》がっていそうなことが分かったり……

僕としては、ギルドで冒険者登録できたから、楽しいことがいっぱいあるといいなって思ってる

んだけど……これからどうなるんだろう？

ギルドで冒険者カードを貰《もら》った僕は、スノーラ、ルリ、ローレンスさんと一緒に、ローレンスさんのお屋敷に帰ってきました。

スノーラはローレンスさん達とお話があるからって、部屋に行っちゃいました。たぶん、ブラックホードさんの子供の話をするんだろうな。

本当は僕も探しに行ってあげたいけど、スノーラに止められちゃったし。

それによく考えたら、今のちびっ子の僕にできることなんて、ほとんどないよね。体力もないし。僕にできることはスノーラ達の邪魔《じゃま》をしないことだけ。

そんなわけで、僕はルリと一緒に、レオナルドお兄ちゃんの部屋に来ました。

「お、冒険者カードを作れたんだな。よかったじゃないか」

「うん！　いらい、うけりゅ！　どうすればいいのかにゃ？」

「依頼か。冒険者ギルドにも商業ギルドにも、壁《かべ》のボードに、いっぱい依頼が貼《は》り出してあっただろう。その中から、やりたい依頼を選んで、みんな冒険に出かけるんだ。まぁ、依頼なしの冒険の方が楽しいんだけどな」

レオナルドお兄ちゃんが言う通り、冒険者ギルドも商業ギルドも、僕が地球の本で読んだのとほとんど一緒でした。

掲示板にランクごとに分けられている依頼が貼ってあって、依頼を選んだら受付で確認してもらうみたい。

あとは、ローレンスさんとか他の偉い人達から、個人的な依頼を受ける人達もいます。もちろん報酬《ほうしゅう》をちゃんと払える人だったら、市民でも個人依頼を出せるんだよ。

「レオナルド、そんなに一気に話しても、レンもルリも理解できないと思うよ。それにもっと簡単に説明してあげないと」

そう言いながら、エイデンお兄ちゃんがお部屋に入ってきました。

「そうか？　まぁ、まだちびっ子だもんな。そりゃそうか」

ぽりぽりと頭をかくレオナルドお兄ちゃん。

僕は二歳。そうなるよね。でもちゃんと分かっているよ。レオナルドお兄ちゃん、教えてくれてありがとうね。

「そうだ。ここで話してるのもなんだから、明日冒険者ギルドにも行ってみようか。スノーラは忙しいみたいだし、僕達が連れて行ってあげるよ。小さい子でもできる依頼があるんだよ」

何ですと⁉

僕もルリも、バッ！　とエイデンお兄ちゃんの方を見ます。

子供でもできる依頼⁉　そんな簡単な依頼が？

「ルリはまだ長い間変身は無理だけど、子供ができる依頼なら、そんなに時間がかからないはずだからね。それにもし途中で変身が解けても、レンのカバンに隠れればいいよ」

ルリは実はとても珍《めずら》しい種類の鳥で、体が青いとそれがバレちゃうから、お出かけする時は体の色を変える変身をしてもらっています。でも、エイデンお兄ちゃんの言う通り、長時間は無理なんだ。

それで僕のカバンっていうのは、商業ギルドで買ってもらった、スノーラのマークが付いたやつ。それにフィオーナさんが、マークが隠れないようにポケットを付けてくれたの。外で遊んでいて変身が解けちゃったルリが、すぐに隠れられるようにしてくれたんだ。

窓が付いていて、外からは黒くて中に何が入っているか分からないけど、中からはちゃんと見えるようになっているんだ。中には森から持ってきたワタを入れたよ。

「朝早くは、依頼を受ける冒険者で混み合っているから、朝ご飯を食べて少ししたら行こうか」

「やっちゃ!!」

『冒険！　冒険できる!?』

「う～ん、冒険まではちょっと。でも楽しいはずだよ」

どんな依頼があるんだろう、楽しみだな！

その日の夜。いつの間にか出かけていたスノーラが帰ってきたので、明日のことを話しました。

そうしたら今は色々あるからね、スノーラが心配しちゃって、なかなかいいって言ってくれなくて。でもお兄ちゃん達や僕達で一生懸命《いっしょうけんめい》説得して、やっといいって言ってもらいました。

そして次の日。

昨晩は早く寝て、元気いっぱいな僕とルリ。しっかり朝ご飯も食べて、さらに元気いっぱいです。

そしたらスノーラが出かける時間になって、部屋を出る前に心配そうに言ってきます。

「いいか、何かあったらすぐに戻るのだぞ。皆の言うことをよく聞き、余計なことはするんじゃない。二人だけで勝手にどこかに行ってはいけないし、知らない人間が話しかけてきても付いていくんじゃないぞ。それから……」

スノーラ、心配してくれているのは分かるんだけど。あまりに色々言われて、楽しい気持ちがちょっとだけ萎《しぼ》んできちゃって、僕もルリも下を向いちゃいました。

「スノーラ様、そのへんで。私が付いておりますので」

「そうそう、俺達が一緒だ」

「それに街からは離れないから安心して」

「そうか？　他にも色々……」

執事《しつじ》のセバスチャンさんに、レオナルドお兄ちゃん、エイデンお兄ちゃんの言葉にも、スノーラはまだ続けようとします。

『「いってらっしゃい！」』

まだまだ続きそうなので、慌《あわ》てて僕達はスノーラにいってらっしゃいをします。

スノーラは窓の方へ歩いていったけど何回も振り返って、それでまた戻ってきて……

「あと、落ちているものを、確認しないで何でも拾うんじゃないぞ。それから……」

また始まっちゃったの。

それで最後にはローレンスさんに止められて、渋々街の調査に行きました。

スノーラ、心配しないで。僕達、お兄ちゃん達から離れないから。

少しして、いよいよ冒険者ギルドに向かって出発です。ローレンスさんが見送ってくれたよ。

今日はいつもと違って、馬車では移動しないんだ。

僕はセバスチャンさんと一緒に、お兄ちゃん達もそれぞれウインドホースに乗って、冒険者ギルドに向かいます。

街の外に出ることになるだろうから、馬車じゃちょっとね、逆に動きづらくなっちゃうから。

「パカパカ、パカパカ！　ちゃあー!!」

『パカッパカ！　パカッパカ！　ピョー!!』

テンションが上がって、変な雄叫《おたけ》びを上げちゃったよ。

「ふふ、御二方《おふたかた》の小さい頃《ころ》を思い出しますね」

「そうかな、セバスチャン。僕は静かに乗ってたはずだよ。レオナルドはうるさかったけど」

「兄貴だって同じだろ？」

「ほほ、そうですね。今のレン様ルリ様と同じ反応をされていましたね」

「本当？　そんなにうるさくしてたつもりはなかったんだけどな」

ウインドホースで、すぐに冒険者ギルドの前に着いた僕達。セバスチャンさんがウインドホースを見ていてくれるから、僕はお兄ちゃん達と一緒にギルドの中へ。

「さぁ、掲示板を見に行こうか」

冒険者ギルドの中は、あんまり人がいませんでした。もうみんな依頼をしに行ったのかな。

僕達は誰もいない掲示板の前に行きます。

「左に貼ってあるのが簡単な依頼、右が難しい依頼だよ。分かるかな？　レンのこっちの手が……」

エイデンお兄ちゃんは僕が右と左が分かってないと思って、とっても丁寧に教えてくれました。

左側にあるのが簡単で、右にいくにつれて依頼は難しくなります。分かりやすいように、依頼書には星のマークが書いてあって、簡単なものは星一個、一番難しいのは星が七個です。

そして星一個の下には、もう一つ特別な依頼が。そう、それが子供でも簡単に受けられる依頼です。星の代わりに、花のマークが付いてるんだ。

やっぱり冒険者に憧《あこが》れる子供は多いんだけど、星一個の依頼でも、小さい子には無理。でも小さい頃から慣れていた方が、本当に依頼を受けるようになった時に、スムーズに受けることができます。だからあちこちの街のギルドで、特別な依頼が用意されているみたいです。

エイデンお兄ちゃん達は、色々なお話を聞かせてくれました。

自分達もやったよねとか、依頼とは全然違う草を持ち帰って、それでも嬉《うれ》しくて、少しの間それを部屋に飾っていたとか。お兄ちゃん達は何歳の時から依頼をやったのかな？

「さぁ、どれにしようか。レンもルリも初めてだからね。この中でもさらに簡単なのがいいよね……あ、これなんかどうかな？　花を探す依頼だよ」

依頼書には花の絵が描いてあって、それから文章も書いてありました。

花の特徴とか色とか、それから何本必要かとか、お兄ちゃん達が読み上げてくれます。

えっと、とってもいい匂《にお》いのする花で、花びらがハートの形をしてるみたい。それから色はピンクと黄色があるんだって。この花を各五本ずつ集めてきてくださいって依頼だったよ。

探す場所も書いてあって、外の壁の周りに花が咲いているみたいです。

「ルリ、おはなしゃがしゅ？」

『うん！　ルリ、お花好き!!』

もし五本以上見つかったら、この前おもちゃとかプレゼントしてくれたお返しに、ローレンスさんやフィオーナさん、もちろんお兄ちゃん達にも、お花をあげられるかも。

よし！　この依頼に決定!!

お兄ちゃん達と依頼書を持って受付へ。レオナルドお兄ちゃんに抱っこしてもらって、受付のお姉さんに依頼書を渡します。

それから、お兄ちゃん達のギルドカードと僕のギルドカードを渡して。お姉さんがそれを何か箱みたいなものに差し込みました。

そうしたら箱が光って文字が浮かび上がったよ。それを確認したお姉さんが紙に何かを書いていきます。

「レン、ギルドカード作れてよかったね。じゃないと今お姉さんが書いている紙が、あと二十枚くらい増えていたんだよ」

え、エイデンお兄ちゃん、本当？　あと二十枚くらい？　そんなに⁉

その後すぐにカードを返してもらった僕達。依頼書も受け取って、お姉さんがいってらっしゃいをしてくれたから、僕は大きな声で挨拶《あいさつ》しました。

「いっちぇきましゅ‼」

さぁ、いよいよ依頼開始です。

外で待っていてくれたセバスチャンさんと合流して、またウインドホースに乗って街の門の所へ。街を出る時も、来た時みたいに騎士《きし》さん達のチェックがあるんだけど、もちろんお兄ちゃん達はローレンスさんの家族だから、ローレンスさん達用の列に並べます。だから一般の人達が並んでいる列よりも早く外へ出られたよ。

門から出たら壁に沿って、ゆっくり依頼ができるように人が少ない場所へ進んで行きます。今向かっている方に、花がいっぱい咲いているんだって。

しばらく歩いたところで、お兄ちゃん達は立ち止まりました。

「――さぁ、ここまで来ればいいかな」

「ほら見てみろ。あそこで草を取ってる子供がいるだろう？　あいつらも家族と一緒に依頼をしに来てるんだぞ。ルリ、レン、負けるなよ！」

「うん!!　がんばりゅ!!」

『ルリ、いっぱい見つける!!』

ウインドホースから降りて、僕達はすぐに花を探し始めました。

依頼書に描いてある花の絵、ちゃんと色も付いているんだ。これも子供用だから、ちゃんとどういうものか分かるようになっているの。普通の依頼書は絵が描いてないこともあるし、描いてあっても色なんか付いてないいんだって。

「どこかにゃあ？」

『お花いっぱい、探すの大変。でも頑張《がんば》って探す』

うん、そうだね。お兄ちゃんが言っていた通り、花はいっぱい咲いていたんだけど、種類が多くて探してるのが見つかりません。

でも頑張って探すんだ。それでみんなにプレゼントするの。

と、探し始めて少し経った時でした。

僕は顔を上げて、そして周りをキョロキョロ。何か聞こえた気がしたんだけど……気のせい？

僕は気を取り直して、また花を探し始めて——

『……こ？　……よ』

こ？　よ？　僕はまた顔を上げます。何？　誰か何か言っている？

『……いよ。ぱ…………いよ』

よく聞こえないよ？　もっと大きな声でハッキリ話して。

どこからか微《かす》かに聞こえてくる声に、僕は周りをキョロキョロ。それから立ち上がって、あっちこっちにフラフラ。僕に何か言いたいの？

「レン!!」

エイデンお兄ちゃんの声と一緒に肩を掴《つか》まれて、ビクッとして周りを見ます。

あれ？　僕何をしていたっけ？　確か声が聞こえて……

後ろを見たらエイデンお兄ちゃんが、とっても心配そうな顔で僕のことを見ていました。

向こうには一生懸命花を探しているルリと、なんか真剣な顔をして僕を見ているレオナルドお兄ちゃんが。それからセバスチャンさんがウインドホースを壁の近くの杭《くい》に繋げて、僕の方に急いで走ってきていました。

「エイデン様、いかがなさいましたか？」

「いや、急にレンがフラフラ歩き始めて。いくら声をかけても反応がなかったんだ。レン、どうしたの？　何か気になるものでもあった？」

う〜ん、僕、声が聞こえた気がしたんだけど。

考え込んでいたら、エイデンお兄ちゃんがもっと心配な顔になっちゃいます。

「大丈夫？　今日はもう帰る？」

ダメダメ!!　帰らないよ。せっかくの初めての依頼だもん、ちゃんと最後まで花を探すんだから。

僕は急いでルリの所に戻ります。

後ろの方では、セバスチャンさんとエイデンお兄ちゃんが話していました。

「どうされたのでしょうか？」

「急に様子がおかしくなったんだ。それから『誰？』『聞こえない』って。僕もレオナルドも何も聞こえなくてさ。それでフラフラ歩き出すんだもん」

「お二人に聞こえない声ですか」

「今の様子だと大丈夫そうだけど。一応帰ったら父さんに報告するよ。また何があるか分からないし。あのこともあるからね」

「その方がよろしいかと。私も気をつけておきます」

あのこと？　なんのことだろう。


それから花探しを再開してから少しして、僕とルリは同時にピンクと黄色の花をそれぞれ見つけたんだよ。顔を見合わせた僕達、一緒にニコニコです。

見つけた花を摘《つ》む前に、間違っていないか依頼書を確認。間違ってギルドに持っていったら報酬が貰えないもんね。

花の形、模様《もよう》は同じか、葉っぱと色も確認。間違ってないと思うんだけど……お兄ちゃんが僕とルリに間違いない？　って聞いてきました。

大きな声で返事をする僕達。お兄ちゃんはニッコリ笑った後、頑張って見つけたねって。

よかった、間違っていなかったよ。その後も一生懸命探した僕達。

ちょうど探してる花がまとまって生えている場所だったのか、予定時間よりも早く、五本ずつ花を見つけることができました。

見つけた花は、お兄ちゃんが用意してくれた布の袋にしまって、これで依頼完了です。僕達はシャキーンッ!!　のポーズ。

残りの時間は、お兄ちゃん達に他の花を摘んでいいか聞いて。じゃあって、別の布の袋を出してくれたお兄ちゃん。依頼の花と混ざらないように、別の袋を出してくれました。

僕とルリは気になったお花を、どんどん袋に入れていきました。

綺麗《きれい》な花、カッコいい花、かわいい花。色々な花を摘んだんだ。そんな楽しいお花摘みだったんだけど……帰る間際に、問題が起こりました。

エイデンお兄ちゃんが、何かお話があってセバスチャンさんの所に、レオナルドお兄ちゃんは、近くにいた家族連れの所に行っちゃいました。

それで僕とルリだけになったんだけど……

「やめてよ！　僕が集めたんだよ！」

「うるせぇ、ヒック。こんな場所でうろちょろしてんじゃねぇよ！　ヒック」

僕達から少し離れた所で、男の子の声と、男の人の声が聞こえてきました。

そっちを見たら、手にお酒の瓶《びん》を持っている、明らかに酔《よ》っているおじさんが、小さな兄弟に絡《から》んでいました。それで、集めた草が入っている籠《かご》を、蹴飛《けと》ばしてバラバラにしたんだ。

しかも、その子達のお母さんが止めに入ったのに、そのお母さんのことを叩《たた》こうとして。

僕は立ち上がって、ルリの方を見ます。ルリも僕を見ていて、二人で頷《うなず》きました。

僕が近くに落ちていた石を投げると、ルリがそれをキャッチ！　そのまま酔っ払いの頭めがけて石を投げました。石は見事に酔っ払いのおでこに当たったよ。

「ちっ!!　誰だ!!」

酔っ払いは物凄《ものすご》く怒りながらきょろきょろすると僕とルリに気づいて、ズンズン、でもちょっとふらふらしながら歩いてきます。

すかさず僕達は二回目の連携《れんけい》攻撃。これも見事に命中。

「みんにゃ、め！　あちゅめちゃの、けりゅのめ！」

「何だと!!」

「わりゅいことしゅりゅの、め！　りゅり、もっかい!!」

ちょっと大きい石を、なんとか投げる僕。ルリは完璧《かんぺき》にキャッチして、今度は酔っ払いの足――

さっき籠を蹴ったその足に命中させせました。

「いてぇっ!?　くっ、ガキが!!　調子に乗りやがって!!」

酔っ払いが僕のことを掴もうとして、僕はそれを避《よ》けようとします。でも酔っ払いなのに、思ったより動きが速くて、掴まれそうになった瞬間《しゅんかん》でした。

「やめとけ」

知らない大きな男の人が、酔っ払いの腕を掴んで捻《ひね》り上げました。大きな声を上げて苦しむ酔っ払い。

僕とルリは、男の人をじっと見つめます。

「レン、ルリ!!　何してるの!?」

「驚かせんなよ!?」

お兄ちゃん達がそう言いながら、こっちに走ってきました。

その後はセバスチャンさんが騎士さんを呼んできて、酔っ払いは連れていかれました。

兄弟のお母さんが僕達にありがとうしてくれたよ。

それからお兄ちゃん達は、僕達を助けてくれた男の人にお礼をします。

「すみません、弟達を助けていただいて」

「いや、気にするな。当たり前のことをしただけだ」

それだけ言うと、男の人はさっさとどこかへ行っちゃいました。

カッコいい男の人、ありがとう!!

ニコニコしていたんだけど、その後僕達は、お兄ちゃん達からお説教されてしょんぼりに。

「もう、ビックリしたよ。勝手にああいうことをしちゃダメだよ。ちゃんと僕達を呼んで。怪我《けが》してからじゃ遅いんだからね」

「兄貴の言う通りだぞ。いいか、絶対に俺達を呼ぶんだ」

「ごめんしゃい」

『ごめんなさい』

僕とルリはお兄ちゃん達に抱きつきます。

そっとお兄ちゃん達の顔を見たら、二人共心配そうに笑っていました。

それから怪我がなくてよかったって、ギュッと抱きしめてくれたよ。お兄ちゃん、本当にごめんなさい。

「って、いうのは、一応言わなくちゃいけないことだけど」

急に明るい声になるレオナルドお兄ちゃん。

「レン、ルリ、よくやった!!　よくあの家族を守ったな！」

「まぁ、それはちゃんと褒《ほ》めないとね。二人共頑張って守ったね」

今度はとってもニッコリのお兄ちゃん達に、僕もルリもとってもニッコリ。

「それにしても、あの酔っ払いどうする？　どうせ注意されるだけで出てくるだろう？」

「そうだね。明日には出てくるだろうね。うちに呼ぼうか？　裏庭に古い小屋が余ってたよね。そこに呼んで話でもしようか？　ついでに僕、やりたいことがあるんだよね」

「じゃあ兄貴の後でいいから、俺にも貸してくれよ。ちょうど試し斬《ぎ》り、じゃなかった、試しにやってみたいことがあるんだよな」

「いいよ。僕の後でいいならね。僕達の弟に手を出したんだから、何されても文句は言えないよね」

お兄ちゃん達、よく分からないけど楽しそうだな。

◇　◇　◇

ふんっ、俺が目をつけたものに、手を出されるのはと思って助けたが……あれがサザーランド家に出入りしているガキか。

俺、ジャガルガはその場を立ち去りながら、息を吐いた。

サザーランド家の子供達があれだけ焦《あせ》ってるってことは、あのガキに何かあるはずだ。詳しく調べよう。

それにしても、この街には色々と集まるな。

しかしあのガキが連れていた鳥。助けた時に少しだけ見てみたが、前に俺が森で捕まえようとした鳥に似ていなかったか？

色がまるで違うから、ただ似ているだけの鳥かもしれんが……そっちも調べてみるか。

◇　◇　◇

「さぁ、今からギルドに寄って家に帰ると、ちょうど昼食の時間だね。そろそろ帰ろう」

「うん！」

『何貰えるかなぁ！』

エイデンお兄ちゃんの号令で、僕達は帰ることにします。

ウインドホースに乗って門の場所まで行くと、いつも通り騎士さんのチェックの列に並びました。入る時に、今回は書類じゃなくてギルドカードを見せます。

ギルドにあった小さな箱と同じような箱にカードを差して、チェックはすぐに終了。僕達はそのまま冒険者ギルドに向かいます。

到着したら、依頼書とカード、依頼のお花を袋から出して受付のお姉さんに渡しました。すぐにチェックするお姉さん。

チェックはすぐに終わって、お姉さんは依頼書に完了の判子《はんこ》を押した後、僕達にニッコリ笑って箱を出してきました。

その中にはリボンやメダルが入っていて、何だろうと思ってたら、好きなものを選んでいいって言われました。

　これが今回の報酬みたい。

　僕もルリもリボンを選んだよ。ルリがね、リボンがいいって言ったから、お揃《そろ》いにしたんだ。

　ルリは首に、僕はちょっと伸びている前髪《まえがみ》をリボンでまとめてもらいました。そういえば、この世界には美容院とかあるのかな？

「うん、なかなか似合うね」

「さらに可愛くなったな」

　お兄ちゃん達に褒めてもらって僕達はルンルンです。

　お姉さんにバイバイして家に帰る僕達。

　その帰り道、いいお話を聞きました。リボンやメダルは気に入ったらそのまま持っていてもいいし、もしたくさん……六個集まったら、お菓子《かし》の詰《つ》め合わせと交換《こうかん》してくれるんだって。そんないいシステムがあるんだよ。

　これからも、お兄ちゃん達やスノーラと一緒に依頼を受けられるよね？　そうしたら気に入っているリボンとかメダルは、おもちゃ箱や宝物の入っている入れ物にしまっておいて、他を交換するのもいいよね。

　ふへへ。また依頼を受けるのが楽しみになったよ。

　そんなことを考えているうちに、お屋敷に帰ってきました。

ルリの変身が解けないか心配だったけど、結局最後までしっかりとエメラルドグリーンのままでした。帰ってきてすぐに変身は解けちゃったけど、今までで一番長く変身していたかも。

ルリ、やったね！

それで帰ってきた僕達は、お兄ちゃん達と一緒に大きなお風呂《ふろ》に入って、さっぱり綺麗になります。

そしたら、お風呂に入ってる時に、レオナルドお兄ちゃんが聞いてきます。

「レン、この後はどうする？　摘んできた花をどこかに飾るのか？」

そうそう、まだまだやることはいっぱいなんだ。

まずは摘んできた花を人数分に、色とか種類があんまりかぶらないように分けて。その後はリボンでまとめるとか、こう花屋さんみたいにできればいいんだけど……今の僕にできるかな？

それに、準備をしている時は、お兄ちゃん達に見られるのはちょっと。プレゼントだからね。

「うん、おはなみりゅ。でも、しゅのーといっちょ」

「スノーラが帰ってきてから一緒に見るってことか？　じゃあ、レンの部屋に持っていってやる。花瓶に入れておくから、周りであんまりバタバタするなよ。倒れて花瓶が割れて怪我するといけないからな」

この世界では前の世界に比べて、摘んだ花が枯《か》れるのが遅いんだよね。もちろん、自然に生えている花よりは長持ちしないけど……長いと一ヶ月くらいは持つんだ。

あっ、でもね、摘んだ瞬間に枯れちゃう花や草もあって、そういう特別な花は、取り方も特別。高ランクの冒険者でも難しいみたいです。どんな花か見てみたいね。

夜のご飯は、帰ってきたスノーラとローレンスさん達、お兄ちゃん達とみんなで食べました。ご飯を食べながら今日の依頼の話をした僕とルリ。あんまり話していたから途中でスノーラに怒られちゃいました。もう少し静かに食べろ、それかご飯が終わったらにしろって。

だから急いでご飯を食べたんだけど、でも結局ご飯を食べ終わったのは僕達が一番最後。

そしたら、レオナルドお兄ちゃんが凄い勢いで笑っていました。

なんか、僕達の顔がご飯のタレだらけだったみたい。おでこの方までタレが付いていたんだ。どうやって付いたのか、自分でも分かりません。

ご飯を食べ終わったら、いつもゆっくり休む部屋に移動して、やっと依頼のお話ができたよ。スノーラもローレンスさん達もずっとニコニコ、僕達の話を聞いてくれて。最後は僕とルリでリボンを見せてシャキーンッ!!　のポーズです。

その後はみんなでそれぞれ自分の部屋に戻って、僕はスノーラに花のことを話します。

「ぷりぇじぇんちょ。みんにゃにしゅる」

「この花をか？」

『いっぱい摘んだの、綺麗でしょ。リボン付けたい。ボク達のプレゼントもリボン付いてた』

「リボンか……我はプレゼントのように、綺麗にリボンを結ぶことはできん。どうも苦手でな」

え？　そうなの？　スノーラ何でもできるのにね。じゃあどうしようかな？　こう、紙でくるくるまとめて結ぶだけにする？　でもそれだとちょっと寂《さび》しいかな。

僕とルリが考え込んでいると、ドアをノックする音が。セバスチャンさんが、紅茶を持ってきてくれたんだ。

「ちょうどいい。お前に頼みがあるのだが」

「何でございましょう」

スノーラが僕達の代わりに説明すると、すぐに部屋を出て行ったセバスチャンさん。すぐに戻ってきたかと思ったら、手には箱を持っていました。

「この箱の中には、綺麗な紙とリボンが入っております。レン様、ルリ様。私と一緒に花をまとめてみましょう」

「うん!!」

『綺麗にできるかな』

僕とルリは、セバスチャンさんを挟むようにそれぞれ左右に隣に座りました。

まずは花を分けるところから。これはすぐにできて、ちゃんと人数分、均等に花を分けることができたよ。

次は紙を選びます。とっても綺麗な紙でキラキラ光っているの。セバスチャンさんがみんなの好きな色を教えてくれて、せっかくだからみんなの好きな色の紙にすることに。

ローレンスさんは青色、フィオーナさんはピンク、エイデンお兄ちゃんは緑、レオナルドお兄ちゃんはオレンジだって。

紙を選び終わったら、ついでにリボンも選んじゃいます。同じ色で揃えてみました。

これで準備は完了です。

セバスチャンさんと一緒に、まずはローレンスさんとフィオーナさんのから。紙で花を包んでそれからリボンを結んで。

う〜ん、ちょっと紙がボロボロになっちゃった。それにリボンも曲がっちゃったよ。ルリのもね。

「ほほ、レン様、ルリ様。とてもよくできておりますよ」

僕達が首を捻っていると、セバスチャンさんがそう言ってくれました。

本当？　大丈夫？

僕もルリもじっとプレゼントを見つめていたけど、セバスチャンさんはニコニコ。スノーラも「いい出来じゃないか」って言ってくれます。二人が言うなら大丈夫かな？

ちょっと気になりながら、次にお兄ちゃん達のを作って。うん、なんとかプレゼントを用意することができました。

僕もルリも、セバスチャンさんにギュッと抱きついて、それからしっかりありがとうをしました。

セバスチャンさん、とってもニコニコしていたよ。

今日はもう遅いから、プレゼントは明日の朝ご飯を食べてから渡すことにしました。

僕達はニコニコのまま、残りの花を持って部屋の一角に作ってもらった秘密基地に行きました。

セバスチャンさんは、他のお仕事があるみたいで部屋から出て行くみたいです。

「すまなかったな、時間をとらせて」

「いいえ、スノーラ様。おかげさまで楽しい時間を過ごすことができました。エイデン様やレオナルド様が小さい時を思い出し、それもまた懐かしく……また何かあればいつでもお呼びください」

僕達は最後にもう一度秘密基地から顔を出して、セバスチャンさんにありがとうをしてから、すぐに引っ込みます。

これからまだやることがあるんだよ。

僕達がこれからやりたいこと。それは秘密基地をもっとカッコよくすることです。

この秘密基地は、何日か前に作ったばっかりなんだ。

森にいた時、僕達の遊び場所は、洞窟《どうくつ》の奥に作った秘密基地でした。でもこの部屋には、そんなスペースはありません。

でも、ちょっと前に、本棚《ほんだな》と部屋の隅《すみ》っこの間が開いていたのを見つけたんだ。だから、そこに上手に秘密基地ができないかなって。

そう考えた僕は、まずはその隙間《すきま》でゴロゴロできるか、それから宝物の箱を置いても余裕があるかの確認。

ルリを呼んで二人でゴロゴロしても、何も問題はありませんでした。

次は宝物の箱。スノーラに僕達が寝ている状態で置いてもらって、それからお兄ちゃんに貰った、馬車のおもちゃと剣も置いてみてもらいました。

これも大丈夫で、もし家とかお庭、森を探検、冒険して何か見つけてきても、それを置く余裕もあったよ。

確認が終わったら、壁とか屋根とかを作るか考えました。

森にいた時は、傘《かさ》の代わりにできる大きな葉っぱを使ってたんだけど。それをちゃんと茎《くき》がついている状態で何枚か持ってきているから、それで屋根を作ってもいいし。

段ボールみたいなものを立てて、その上から毛布をかけてみるとかでもいいかも。でも、段ボールみたいなものがこの世界にあるのかな？

僕はスノーラになんとか説明して、壁のことを聞いてみました。そして話を聞いたスノーラは、ちょっと待ってろってどこかへ。

少しして戻ってきたスノーラの手には、板みたいなものがありました。

触ったら段ボールみたいだったんだけど、木の皮なんだって。色々な形に曲げられて、何回でも作り変えることができる不思議な板でした。

スノーラがやってみるぞって、板を半分に折ります。

それでちゃんと折れているか確認したら、元に戻して、折ったところを手でぐいぐい押すスノーラ。

そうしたら折ったところが真っ平らに戻って、跡が全然残っていませんでした。またまた別のところを折るけど、それもまた完璧に元に戻ります。

「聞いたら執事のケビンが用意してくれた。それからローレンスにも、秘密基地を作っていいか聞いてきたが、好きに作っていいそうだ」

そっか、部屋を借りているんだもん、勝手に作っちゃダメだよね。でもスノーラが聞いてきてくれたからよかった！

僕とルリは、すぐに秘密基地を作り始めました。といっても、まず板を折ってそれを立てて、部屋の端《はし》っこを囲んだだけだけどね。でもこう、角度とか本棚にぶつからないようにとか、難しいところもありました。

なんとか板を立てたら、次は屋根を作ります。

あっ、入口はね、スノーラが風の魔法で板を綺麗に切ってくれて、ドアみたいに作ってくれたよ。ルリ用の小さいドアも作ってくれました。

「しゅのー、おおきはっぱ、だちて」

『アレくっ付けてお屋根にする。いっぱい持ってきたから大丈夫でしょ？』

「ああ、アレか。よし、今出してやる」

すぐに傘みたいな葉っぱを出してくれたスノーラ。

屋根は作るのが難しくて、スノーラが一緒に作ってくれました。僕達が葉っぱを持って、スノーラが板に茎を刺します。

あのね、この葉っぱの茎は簡単に裂《さ》けるんだけど、とっても固いから、板に刺すことができたんだ。それでしっかり差し込んだら、僕達が怪我をしないように、スノーラが余分な茎を切り落としてくれました。

「これでどうだ？　三枚でちょうど全部が隠れる。中に入って確認してみろ」

そう言われて、すぐに中に入る僕達。

隙間からちょうど光が入ってくるから、ちゃんと中が見えます。でも夜だとちょっと暗いかも？　それを伝えたら、スノーラはローレンスさんに聞きに行って、ライトを貰ってきてくれました。夜にはそれもセットしたんだ。

秘密基地が出来上がった僕達は、『やった〜!!』のシャキーンッ!!　のポーズ。それからすぐに宝物の箱を持って中に入って、ソファーの所に置いてあった、小さなクッションも二個入れました。持ってきても、まだ五個ソファーにあるから大丈夫。

それから、スノーラに少し他のおもちゃを出してもらったら、秘密基地の中も完璧に。

僕達は基地の中でもう一回シャキーンッ!!　のポーズ。

こうして一応、秘密基地が完成したのが数日前のこと。

その秘密基地に、僕とルリは花を飾りました。

それでスノーラに寝る時間だぞって言われたから、おやすみなさいをして秘密基地から出ました。誰におやすみなさいを言ったかっていうと、森で見つけて持ってきた卵です。

僕やルリ、スノーラがお屋敷にいない時はスノーラがしまって。いる時は、明るい時は窓の所に置いて、夜になったら秘密基地に置くことにしてるんだ。

ローレンスさんの家に来て少しして、スノーラに出してもらったんだけど、どこに置くかで悩んで、結局その時その時で場所を変えることになりました。

初めて卵を見たローレンスさん達はとっても驚いていて、預かろうかって言ってくれました。

でもダメだよ。卵も僕達の家族だもん、いつも一緒にいなくちゃ。

ローレンスさんもフィオーナさんも、最初のうちはとっても心配していました。毎日卵を見に来るくらいに。

そういえばこの頃は来たり来なかったりだけど。何でそんなに心配なのかな？

そんな卵も置いているから、今、秘密基地の中は物がいっぱいで、かなり充実してきています。もう少ししたら基地を広げたらどうだってスノーラが言うので、僕達は頷きます。ゴロゴロできなくなっちゃったからね。もう少しゆったりがいいもん。

「今日は楽しかったか？」

「うん!!　たのちかっちゃ！」

『ルリ、いっぱいお花見つけた！』

「そうか。よかったな」

魔獣の姿に戻ったスノーラに寄りかかりながら、寝る僕達。

そういえば、お花を探してる時に聞こえたあの声は本当に何だったんだろう？　気のせいだとは思うんだけど、う〜ん。

声のことを考えていたんだけど、いつの間にか寝ちゃってました。


次の日の朝、すっきり目覚めます。

朝ご飯を食べてからプレゼントを渡す予定だから、プレゼントの花束を見えないように袋に入れて、二人でズルズル引きずりながら食堂に持っていきます。いや、持っているつもりなんだよ。でもズルズルになっちゃうの。

食堂に着くと、もうローレンスさん達は集まっていました。

「スノーラ、レン、ルリ、おはよう」

「はよごじゃましゅ！」

『おはようございます!!』

「どうしたの？　そんなに大きな袋を引きずって？」

「ないちょ！」

『うん、内緒！』

「あら内緒なのね。でも汚《よご》れてしまうといけないから、窓の方へ置いておきましょう」

フィオーナさんがニコニコしながら、メイドさんのアンジェさんに、窓の方に袋を持って行くように言います。

さあ、ご飯一生懸命食べなくちゃ。僕達いつも最後だもんね、プレゼントをあげるのに待ってもらうことになっちゃう。

そして一生懸命食べた僕達の顔は……今日はみんなが笑ったよ。ソースの色合いが独特だとか、模様になっているとかなんとか。急いでスノーラに綺麗にしてもらいます。ベトベトの手に体に顔じゃね。

そして窓の所に置いてもらった袋を、またズルズル引っ張ってくる僕達。

「残ってもらってすまない、レンとルリからちょっとな」

「どうしたのレン、ルリ？」

「えちょ、ぷれじぇんちょ！」

『レンとボク、プレゼント！』

ローレンスさん達は最初、僕達が言っていることが分からなかったみたい。プレゼントって言ったのは分かってもらえたんだけど、なんでプレゼントなのか、その説明がね、上手くできなかったんだ。

だからスノーラが代わりに説明してくれたよ。

「お前達にプレゼントを貰っただろう。だから今度は自分達がプレゼントをすると」

「本当か!?　ありがとなレン！　ルリ！」

レオナルドお兄ちゃんはガタッと立ち上がって大喜び。エイデンお兄ちゃんは、「すぐに部屋を片付けなくちゃ」とか「専用の部屋がいるんじゃない？」とか言ってました。そんな部屋を作るほどのことじゃないのに。

ローレンスさんとフィオーナさんも部屋に飾る場所を用意しろとか、まだプレゼント渡してないのに、大騒ぎになっていたよ。

スノーラにみんなを落ち着かせてもらって、一つずつ順番に渡していきます。

まずはローレンスさんの所へ。袋から花束を出して、二人で一緒に渡します。ローレンスさん、受け取った時少し涙目だったよ。そんなに？

それで次はフィオーナさん、その次はエイデンお兄ちゃんで、最後がレオナルドお兄ちゃんです。

「旦那《だんな》様、包装もリボンもレン様方がおやりに」

「セバスチャン、そうなのか!!　こんなに上手に凄いじゃないか！」

「それにちゃんと私達の好きな色にしてくれたのね。ありがとうレン、ルリちゃん」

みんなが順番に僕達を抱きしめてくれます。よかった、みんな喜んでくれたよ。

ローレンスさんは仕事をするお部屋に、フィオーナさん達は自分の部屋に飾ってくれるみたい。

後でドライフラワーにするって。それから包装紙もリボンも、大切な物だって、綺麗に解いてしまってくれました。僕もこの前貰ったプレゼントはそうしたから、一緒だね！　また何かプレゼントできたらいいなぁ。今度はいつ依頼を受けに行けるかな？　昨日はあの酔っ払いのおかげで、ちょっとしょぼんりもあったし、次は全部が楽しいといいなぁ。


「――あっ、そうだ父さん。僕達、裏の今使ってない小屋使っていい？」

「昨日の話か？」

「うん、ちょっとあの酔っ払いと話をしようかと思って」

「使ってもいいが、あまりやりすぎるなよ」

「ちゃんと僕達の話を理解してくれたら、すぐに帰すよ」

「さて、ちゃんと話、分かってくれるかなぁ」

◇◇◇

プレゼントを渡せて、ニコニコのレンとルリ。二人はそのまま、兄達と遊ぶと部屋を出て行こうとしたのだが、我、スノーラはそれを急いで止めた。

昨日のことでレンに聞きたいことがあったのだ。

昨日レン達が寝た後、ローレンス達から話があると執事のケビンが我を呼びに来た。二人がしっかりと寝ていることを確認した我は、すぐにローレンスの所へ。

行くと皆が揃っていて、何があったのかと思えば、今日のレンとルリの依頼で、色々と問題が発生したそうだ。しかももしかしたら今回の事件に関係があるかもしれないと言うのだ。

どうやらレンは、依頼をこなしている最中で、周りには誰もいなかったにもかかわらず、誰かに声をかけながらウロウロと歩き始めたらしい。エイデン達が話しかけても反応を示さず、しばらくして元に戻ったが、エイデン達には聞こえない声が聞こえていたようだ。

そしてその次に、今度はレン達が自らやらかした。絡まれていた家族を助けようとして、冒険者に対して連携攻撃をしたというのだ。

ため息しか出なかった。怪我がなく本当によかったものの……エイデン達もレン達を叱《しか》ったらしいが、我からもしっかりと言わなければ。

まったく、我のいない所で危険なことはやめてくれ。

とりあえず、今目の前で遊びたいのにとブーブー言っているレン達に、まずは声のことを聞かなければ。

悪いが大事なことだからな、とりあえず現場に行って確かめた方がいいか？

◇　◇　◇

今、僕達は、昨日花を摘みに来た場所に来ています。

ローレンスさんとお兄ちゃん達、それからケビンさんとセバスチャンさんも一緒。何で同じ場所に来たかっていうと、昨日のことをスノーラにお話しするためです。

「それで、声が聞こえた場所はこの辺りか？　……何も感じないな。街全体を包んでいる変な気配は相変わらずだが」

「そうか。だが、もしレンの聞いた声が本当ならば……」

「夜の暗闇《くらやみ》に紛《まぎ》れれば、さらに深く調べられるはずだが、とりあえず今から少し調べてくる」

スノーラはローランスさんとそんな話をすると、どこかへ行っちゃいました。

もし何か変わったこと、変に感じたこと、声が聞こえたら、すぐにお兄ちゃん達に伝えろだって。

それからローレンスさん達も近くの調査をするみたいなので、とりあえず僕達は、依頼をやることにします。

せっかく街の外に出るからって、ここに来る前にパパッと冒険者ギルドに寄って依頼を選んできたんだ。ローレンスさんもここに来る前に、ギルドマスターのダイルさんにお話があったみたいだから、ちょうどよかったの。

今日の依頼は、薬に使う薬草を集める依頼です。

ちょっと臭《くさ》い草で、色は緑じゃなくて青色なんだ。触ると手が臭くなっちゃうから、軍手みたいなものをつけて取るんだよ。まとまって塊《かたまり》で生えているから、その塊を十個取ってくるっていう依頼です。

お昼ご飯までに、草はちゃんと十個見つけたよ。でも今日は、声は聞こえませんでした。

冒険者ギルドに行って、昨日はリボンを貰ったから、今日はメダルを貰います。

そうそう、依頼失敗の時は、残念賞で飴《あめ》を貰うって、お兄ちゃんに教えてもらいました。失敗しても何か貰えるのは何かいいよね。

それで僕達はお家に帰って、スノーラは夕方帰ってきました。

何も見つけられなかったみたい。でも僕達が寝たら、夜の街を調べに行くって言ってました。

そして夜中。

「うにゅ〜、しゅにょ……」

いつもは一度寝たら起きないいんだけど、その日は何でか真夜中に起きちゃった僕。

隣にはルリが寝ていて、でもいつものもふもふがない。周りをキョロキョロしたら、スノーラがいませんでした。そういえば、調べに行くって言っていたっけ。

思い出しながら、トイレに行きたくなった僕は、そっとベッドから下りようとします。でも下りている途中でルリのこと起こしちゃって、一緒にトイレに行くことに。

ドアの前まで来たけど……さてどうやってドアを開けよう？　ドアノブが高くて、僕じゃ届かないんだよね。

と、どうしようかと考えていたら、急にドアを誰かがノックしたんだ。ビックリしてドアから離れる僕達。

「レン様、ルリ様、どうかなさいましたか？」

セバスチャンさんだったよ。あぁもう、ビックリした。

僕がおしっこって言ったら、一緒に行ってくれるって。

セバスチャンさんがドアを開けてくれて、手を繋いでトイレに向かいます。歩きながら、どうして起きてたのか、僕達がドアの前にいたのが分かったのか聞いてみたよ。

「私共はまだ仕事の時間ですので。なぜ分かったのは秘密です、ほほほほ」

え？　凄く気になるんだけど。

トイレを済ませると、セバスチャンさんはそのまま僕達を部屋に連れて行かずに、いつもみんなでまったりする部屋に連れて行って、ホットミルクみたいな飲み物を用意してくれました。しかも砂糖のお菓子付き。

寝る前にもう一回歯を磨《みが》く約束をして飲みました。

ホットミルクの後はちゃんと約束通り、歯を磨きに行って部屋に戻ります。

と、僕達の部屋まであと少しの所でした。

『……どこ？』

僕はパッと振り返ります。あの声だ！

僕が振り返って止まったから、セバスチャンさんがどうしたのか聞いてきたよ。

「レン様、いかがされましたか？」

「こえしゅる」

「……壁の外で聞こえた声ですか？」

「うん、いっちょ」

僕は声が聞こえる方に歩いていこうとします。誰か分からないけど、もう少し大きな声で喋《しゃべ》ってくれたら、色々みんなに伝えられるんだけど。

「お待ちください。今旦那様方をお呼びします」

洋服の中から何かを取り出したセバスチャンさん。その手には、赤とオレンジが混ざったような色の石が握《にぎ》られていました。

セバスチャンさんの手が光って、手に載《の》っている石が震え出しました。

僕もルリも興味津々《きょうみしんしん》。声も気になるけどこれも気になる。もう、セバスチャンさん、今これ出さないでほしかったよ。気が散っちゃう。

石が震え始めてすぐ、バタバタ足音が聞こえて、向こうからローレンスさんとフィオーナさんが走ってきました。ケビンさん、アンジェさんも別の方向から走ってきたよ。

「セバス、どうしたんだ？」

「レン様があの声が聞こえると」

「壁の外で聞いた声か？　レン、声が聞こえるのか？」

石に興味がいっていた僕は、慌てて声に意識を向けます。

……ふぅ、よかった、まだ聞こえてる。僕は頷いて、それから歩き始めました。

窓の所まで行った僕は、声は外から聞こえてくるんだけど、外に出てもいいかローレンスさんに聞いてみます。

そしたら、もし行くとしてもお屋敷の壁の所までだって。

ケビンさんに抱っこしてもらって、そのまま外に行きます。

それで外に出たところでケビンさんが急に立ち止まって、ローレンスさんに僕を渡しました。

どうしたのかなと思っていたら……その瞬間、ケビンさんとアンジェさんが、僕達の前から消えたんだ。僕もルリもビックリ。

「きえちゃ!?」

『スノーラと一緒!!』

「ああ、スノーラほどではないよ。スノーラの動きは私達は見えないが、ケビン達くらいなら、私達は見えるからね」

え？　見える？　何が？

スノーラほどじゃないって、窓から外に出て走っていく時のスノーラのこと言っているんだよね。

ていうことは、今消えたケビンさんとアンジェさんも走っていったってことで……ん？

「旦那様、今は声のことを。他のことはレン様の気が散ってしまいます」

「それはそうだな。レン、後でまた話をしよう。声はまだ聞こえているか？」

え？　声？　まだ聞こえているけど、でもケビンさん達は？

ローレンスさん達に言われて、なんとか声の方に気持ちを持っていく僕。すると、ケビンさん達がウインドホースに乗って戻ってきました。

そっか。ウインドホースで進めば、僕でも壁の所まですぐに行けるよね。

僕達はローレンスさんと一緒に、他のみんなもそれぞれウインドホースに乗って、声が聞こえる方に向かって出発です。

お庭の中を通ったり、噴水《ふんすい》のわきを通ったり、ちょっと戻ったり、右に行ったり左に行ったり。

最終的に壁の所まで来ちゃいました。

「こっちの方角は……レンが最初に声を聞いた、あの場所の方角だな」

「そうですね。やはり何かあの辺にあるのか」

『……パ、………よ』

あっ、声が小さくなってきた！　消えちゃう!!

そしてそのまま、声はまた聞こえなくなっちゃいました。

「こえ、きえちゃ」

「もう全然聞こえないか？」

「うん、きこえにゃい。ごめんしゃい」

「レンが謝ることなどない。私達をしっかりここまで連れてきてくれてありがとう。さぁ、屋敷へ戻ろう……セバス、頼めるか？　私とフィオーナはやることがある」

「おまかせを」

僕の頭を撫《な》でてくれたローレンスさんとフィオーナさん。僕達はそのままセバスチャンさんと一緒にお屋敷に戻ります。

部屋の前まで行くとお兄ちゃん達が起きていて、セバスチャンさんはお兄ちゃん達に僕をまかせた後、どこかに行っちゃいました。

それで部屋に入ったら、セバスチャンさんが戻ってきて、またホットミルクを持ってきてくれました。今度はお兄ちゃん達の分も用意してくれてたよ。

その後歯を磨いて、みんなで僕の部屋で寝ました。

◇　◇　◇

我、スノーラは、近くの森と街をひと回りして屋敷に戻ろうとしたところで、ローレンス達の気配が街中にあったのに気がついた。

何かあったのかと、急いで奴らの前に出て行ったのだが、我がいきなり姿を現したことに、ローレンス達が驚いて固まる。

そしてすぐに、人の姿に戻れと慌て出した。

魔獣の姿の方が色々と手っ取り早いのでこちらにしていたのだが、そういえばここはもう街の中。人に見つかると面倒だったのだと思い出し、家の陰《かげ》に隠れ、すぐに人型になった。

「それで、どうしてここにいるんだ？」

「レンがまた声を聞いた」

どうやら、たまたまトイレに起きていて気づいたのだとか。そしてその声に近づいていくと屋敷の壁に当たり、その先は自分達が調べに来たのだと。しかもどうやら、前回レンが声を聞いた方角と一緒らしい。

「その辺りは、今も調べてきたところだ。何も見つけることができなかったが……もう一度見てみるか」

我に見落としがあったか？

街の外と屋敷、それぞれレンが声を聞いた辺りの場所を結んだ間のどこかに、その声の主がいるはず。そう考え、念のため周囲の建物を含《ふく》めて調べたのだが……結局、朝日が昇ってくるギリギリまで探しても、それらしきものは見当たらなかった。

ローレンス達もその周辺を見回った後、街全体の見回りに向かう。

「さて、我は一旦《いったん》帰るか。朝起きた時に我がいないとレン達は不安がるからな」

我が屋敷の方を向いた瞬間だった。

チリッと首の辺りに嫌な気配が走り、我は瞬時に振り返る。

が、そこには何もなく、いつもの街の光景が広がっていた。

嫌な予感がして、我は急いでレン達の所へ戻った。

そして窓から部屋に入ってレン達を確認すると、レン達は兄達と一緒にすやすやと眠っていた。

ホッとため息をつくと、窓から再び外に出て、屋根から街を眺める。

ローレンス達や兄達、この家で働く者達と、仲良くなったレンにルリ。

毎日楽しそうに、幸せそうにしていることから、このまま何もなければ、ここで暮らそうと思っていたが……この様子では、森へ帰った方がいいかもしれない。

レン達は悲しむだろうが、我としてはレン達の安全が第一だ。なんとかブラックホードの子も助けてやりたいが。

しかし、これだけ色々と異変が起きているにもかかわらず、なぜ何も見つけることができない？

我が何か見落としているのか、それとも我すらも騙《だま》すほどの阻害《そがい》魔法でも使われているのか……

ブラックホードの方はどうなっているだろうか？　明日、一度奴の所へ行き、話をしてきた方がいいか？　それとも奴が来るのを待つか。奴もあちこち動いているはずだからな、どうするか。

そんなことを考えながら部屋に戻った我は、レン達を起こさないように、枕《まくら》の上の方に、魔獣の姿になって寝転がった。

するとレン達と同じ部屋で寝ていたエイデンが声をかけてきた。

「おかえり」

『なんだ、起きていたのか？』

「まぁね。父さん達が外へ行ってるから、連絡が来たらすぐに動けるように、こういう時は僕が起きてるんだよ。寝ても仮眠程度だね。レオナルドは仮眠してる間に本気で寝るけど……それで、何か分かった？」

『いや、何も』

「そう？　……レン達はこのままここに住めそう？　僕達の家族になれそう？」

『…………』

我がハッキリとした答えを言わずにいると、エイデンは察したように頷いた。

「そっかぁ。それはもう決定な感じ？　僕としては、このままレン達の家族になりたいんだけど。まぁ既に家族って思って接してるけどね」

『なんとも言えんのだ、我も考えがまとまっていない』

「俺には父さん達や、スノーラみたいに、まだ細かいことは分かんないけどさ」

ふいに横合いから、レオナルドのそんな声が届いた。

「何だ、レオナルド起きてたの？」

「そりゃあ、せっかくできた、可愛い弟のことが心配でさ。まぁ、俺が起きてたことはどうでもいいんだよ。スノーラ、俺にできることならなんだってするぜ。だから言ってくれよな」

「そうそう、レオナルドの言う通り。それで早く解決して、本当の家族になろうよ」

レオナルドとエイデンにそう言われ、我は頷いた。

『ふっ、分かった。なるべくそうなるように頑張るとしよう。まぁ、我はレン達とならどこで暮らそうと、もう家族だから関係ないがな』

「ちょっと、僕達も家族だって言ってるでしょう！」

「ふん、こうなったらレン達が絶対に別れたくないってなるほど、もっと可愛がってやる」

我は伏せの姿勢になると二人を無視して寝始める。ニヤついているのを気づかれないように。

◇◇◇

声を聞いてから数日。あれ以来声は聞いていません。

スノーラには、声が聞こえても、スノーラかローレンスさん達に知らせるだけで、声の方には近づくなって言われました。

本当は気になるから行きたいんだけど。だってあの声、助けを求めているような、そんな雰囲気だったから。

でも、スノーラがダメって言うんだからしょうがないよね。

今日は午前中、スノーラは街の調査はお休み。

フィオーナさんが、ずっと調査をしていて休んでいないから、少しは休まないとダメって止めたからです。スノーラは大丈夫って言ったんだけど、フィオーナさんに凄く怒られて、休みになったよ。

それで、今日は朝から久しぶりにスノーラと遊ぶことにしました。近くの森に行ってみようかってことになったんだ。街へ来てから、森に行ってなかったからね。

なのにルリったら、朝ご飯に大好物のホットケーキが出て、食べすぎてダウン。吐きそうだとかなんとか。

だからお兄ちゃん達が、ダウンしているルリを見ていてくれることになりました。

僕はスノーラに乗って、予定通り近くの森へ。

久しぶりの森、とっても楽しいし、なんか森の空気が吸えて、気分が上がった気がしたよ。

ルリのお土産《みやげ》と、お屋敷で冒険者ごっこやおままごと、色々遊ぶ用に、面白い形の石とか、木の実の殻《から》とかを探します。

ルリのお土産はトカゲのしっぽ。おやつにたまに食べるんだよね。

それで集めたものをまとめてからスノーラの背中に乗ったら、スノーラが笑いながら話しかけてきました。

『楽しかったか？』

「うん‼」

『ふっ、次はルリも一緒に来れたらいいがな。よし、じゃあ帰るぞ。午後はルリも一緒に……』

スノーラが途中で話すのをやめて、じっと遠くを見つめました。それから耳をパタパタ、鼻をクンクン。

なになに、どうしたの？　一緒に遠くを見る僕。

『チッ！　面倒な奴が来た。このままこちらの方角に来るのなら、ローレンス達が騒ぎ出すな』

そしてスノーラは僕を見て、「これからある魔獣に会うから、その間静かにしてろ」って言いました。

どんな魔獣？　聞こうと思ったけど、すぐにスノーラは走り始めちゃって。空中を駆《か》けていきます。

猛スピードで進んで数十秒後、ようやく空中に止まると、前の方から大きな魔獣が空を飛んでくるのが見えました。

スノーラが言っていた魔獣、それは……ドラゴンでした。

羽を広げた大きさは、ローレンスさんのお屋敷と同じくらい。そんな大きな羽はギザギザしていて、顔にも背中にもギザギザが付いてます。しっぽもギザギザしているんだけど、先っぽには炎が付いていました。

僕は興奮《こうふん》して、思わずスノーラの背中をパシパシ叩いちゃいます。

「しゅの！　どりゃごん‼」

『あぁそうだ、ドラゴンだ。レン、叩くな、そして、いいか。本当に静かにしているのだぞ』

「だいじょぶ！　しじゅか!!」

『本当に分かっているのか？』

どんどん近づいてくるドラゴンさん。ドラゴンさんもじっと僕達を見ながら飛んできます。

かなり近づくと、僕とスノーラの周りをビュウビュウ風が吹きました。

結界のおかげで大丈夫だけど、そのままだったら僕、飛ばされていたんじゃない？

そしてすぐ目の前に、ドラゴンさんが止まりました。

おおお!!　目の前にドラゴンさんが!!

静かにしていろって言われた僕は、なんとか我慢《がまん》して声を出さないように、スノーラを叩かないようにします。

でもね、今度はぎゅうぎゅう、毛を強く握って引っ張っちゃっていたみたい。急にスノーラの痛がる声が聞こえてきました。

『イテテテ、レン、引っ張りすぎだ!!』

「しゅの！　だいじゅぶ！　ぼくしじゅかにちてる！」

『確かにそうだが、我の毛を引っ張っているのだ！　イテテ、一度手を離せ！』

「て、はなしゅのめ、おちちゃう」

『いやそうじゃない、間違えた。離すのではない、力を緩《ゆる》めろ！』

離せって言ったり緩めろって言ったり、何なのスノーラ。

僕は言われた通り、そっと手から力を抜きました。そしてなんとなく片手を離して。

あれ？　スノーラの綺麗な毛がぐしゃぐしゃに。どうしたのこれ？

「しゅのー、け、ぐしゃぐしゃ」

『はぁ、痛かった。子供の力を甘くみていた。それはお前が毛を握りすぎてそうなったのだろう？』

えぇ～!?　僕そんなに引っ張ってないよ？

僕が口を尖《とが》らせていると、知らない声が聞こえてきました。

『……お前達、何をやっておるのだ？　わざわざお前達のバカみたいなやりとりを見せるために、我の前に出てきたのか？』

『そんなわけがないだろう、今のは我も想定外だ』

『ふっ、だろうな。で、我に何か用か？』

前の方から聞こえるってことは、ドラゴンさんの声なの？　おお、なんかとってもダンディーって感じの声だね。

『ああ、これからどこへ向かうのか聞きに。あそこの街へ近づくのなら、面倒な揉《も》め事が起こらないように、街の奴らにお前が来ることを伝えようかと思ったのだ。我は今、あの街に住んでいるのでな……まぁ街を攻撃すると言うのなら、我が相手になるが』

『いや、我は別にあの街には……』

「どりゃごんしゃん！　こんちゃ!!」

『…………』

『…………』

「こんちゃ!!」

『……レン、頼むから静かにしていてくれ』

静かだよ、挨拶しただけ。

『フッ、とりあえずそこの森にでも降りるか？　そのままだとまた毛を引っ張られて、話が進まなそうだからな』

大きなドラゴンさんが降りても大丈夫な場所を探すように下を見ます。

そしたら少しだけ開けている場所があって、そこならなんとか降りられそうだって、みんなでそっちに向かいました。

僕達が先に降りて、すぐにドラゴンさんが降りてきたら……開けた場所を選んだはずだけど、結局少し周りの木を倒して、ドラゴンさんが座りました。

降りた瞬間ね、ズッシ～ンッ!!　って凄い音と地響《じひび》き、それから地面が跳《は》ねて。

僕とスノーラは何もしていないのに飛び上がりました。

「おもちろい！　もっかい！」

『はぁ、まったく。それで、どうしてここへ？』

『ある事情があってな。この頃色々な場所で、異変が起きているのはお前も分かっているだろう？』

話によると、ドラゴンさんは、僕達が最初に住んでいた森から、もっともっと離れた場所に住んでいたらしいです。大きいドラゴンさんが悠々隠れられる、広い広い森だって。

でも最近、その森や他の森で異変が起き始めました。

そう、スノーラ達が、色々な場所で感じていたあの変な気配。それがドラゴンさんの周りにも現れたんだって。それでドラゴンさんは、なるべく気配が薄《うす》い場所に移動しようと思ったみたい。

そんな時、今まで全体的に嫌な気配がしていたのに、場所によってその気配が完璧に消えないまでも、かなり薄くなっている場所があることに気づいたドラゴンさん。

様子を見ていたら、その場所がどんどんこっちの方へ移動し始めたらしいです。

だからドラゴンさんは急いで移動してきて、僕達と会ったみたい。

今度はスノーラが、最初の森であったことと、ブラックホードさんの森のこと、それからブラックホードさんの子供のことを話したら、ドラゴンさんは首を横に振りました。

『そうか、そんなことが起きていたのか。そこまでは我も知らなかった。我がいた森では魔法陣を見ていない。知る範囲で魔獣が捕まった、いなくなったという話も聞かなかったが』

『そうか……しかし、気配が薄くなったとは、一体どういうことだ？』

『なんだ、分かっていなかったのか。いや、お前は近くにいすぎて気づかなかったのか。我もその原因はさっき気づいたが。お前はずっとその子供と一緒だったからな』

『どういうことだ？』

『おそらくその子供がいると、あの妙な気配が弱まるのだ。気配が薄くなる場所が移動したと言ったろう。今、この場所の妙な気配は弱まっている。そしてその子供から、その薄める力というのか？　それが周りに流れ出している』

『は？』

『だから慣れすぎて、お前はそれが当たり前になっていたのだろう。魔力の流れをよく見てみろ』

スノーラがじっと僕を見てきます。それから森を見渡して……少ししてぽかんって感じに、口を開けました。それからガックリしたんだ。

どうしたの、スノーラ？

『はぁ、何で今まで気づかなかったのだ。こんな側にいたのに。だから場所によって、気配が強かったり、弱まったりしていたのか』

それからスノーラがため息をつきながら、どういうことか教えてくれます。

何かね、スノーラでも気づかないうちに、ちょっとずつ僕の体から魔力が出ていたみたいなんだ。今、僕から出ている魔力は、本当にちょっとで。スノーラがじっくり見てやっと分かるくらいのもの。

でもそのちょっとの魔力が、スノーラ達が感じていた、あの変な気配を薄めているんだって。

僕何もしていないのに、僕の魔力凄いね。

『はぁ、これは後で考えなければ。魔力が流れ続けるのはな……で、お前ほどの力を持つ者が、気配が薄くなる場所へ移動してきたと？　お前なら、この程度の気配から逃げる必要もあるまい？』

『我にも色々あるのだ』

話を進めるスノーラ達。

僕はドラゴンさんとお話がしたかったけど、でも二人の話が終わるまで静かに待つことにしました。まぁ、時々思わず話しかけちゃうんだけどね。

それでもだんだん飽《あ》きてきちゃって。

今度はその場から見える限りで、体を動かしたり、首を伸ばしたり、時々ジャンプしたりして、ドラゴンさんを観察してみます。

羽はどうなっているかとか、しっぽの先の火がどうなっているのかな？　とか。

そしたら一瞬、ドラゴンさんのしっぽの付け根辺りに、何かひょろっとしたものが見えたような。

僕は一歩だけ前に出て、また見てみます。そうしたらまたひょろっとしたものが見えて。

「にょ!?」

そして次に見えたのは羽みたいなものでした。

ドラゴンさんのしっぽのところ、何かいる!?

ちょっとずつ、ちょっとずつ前に出ていっちゃう僕、でもスノーラ達は話に夢中で、僕が動いているのに気づいていません。

真ん前に座っていたドラゴンさんが斜めに見えるくらいまで移動した時でした。

やっとしっぽの付け根の所にハッキリと、ひょろっとしたものと、羽がしっかり見えて――

「ちっちゃ！　どりゃごんしゃん!!」

僕と同じくらい小さいドラゴンさんが、しっぽの所にくっ付いていていました。

『レン、何をしてるんだ』

『ああ、見つかってしまったか』

慌てて僕の方に来るスノーラと、それから苦笑いをするドラゴンさん。

『息子よ、出てきていいぞ』

ドラゴンさんが声をかけると、ぽてっと小さいドラゴンさんがしっぽの付け根から落ちて、ドラゴンさんのお腹の前に歩いてきました。

今ドラゴンさん、息子って言ったよね。

そっかぁ、ドラゴンさんの子供なんだね。ドラゴンの子供って、とっても小さいんだ。お父さんはこんなに大きいのに。

『なんだ、子供と一緒だったのか。お前の魔力に同化していて気づかなかった』

『上手く隠れていただろう？　息子よ、挨拶だ』

『こんにちは!!』

「こんちゃ!!」

『息子よ、父はもう少し話があるから、遊んでいるか？　スノーラ、いいか？』

『レンもその方がいいだろう。いいか二人共、遊んでいていいが、我らから見える場所で遊ぶのだぞ。そうだな……あそこの花がたくさん咲いている所までだ。話をしているから静かに遊ぶのだぞ』

僕は遊んでいいって言われてニコニコします。

でも小さいドラゴンさんは？　いいのかな？　って思って見たら、小さいドラゴンさんも口を開けてニコニコ笑っていたよ。

僕が歩き始めると小さいドラゴンさんも歩いてきて、二人で花がいっぱい咲いている場所まで行きます。

「ぼく、りぇん！」

『りぇん！』

違う違う、レンだよレン。

一生懸命「レン」って言うんだけど、どうしても「りぇん」になっちゃって、あんまり言っていたら、向こうで話をしているスノーラが、レンだって言ってくれたよ。僕はスノーラに手を振ってありがとうをします。

「おにゃまえ、にゃに？」

『にゃまえ？』

「うん、にゃまえ」

『にゃまえ、名前？　僕ない。ドラゴン、息子』

ドラゴン？　息子？　あっ、もしかしてルリと同じかな？　魔獣は名前がないことが多いってやつ。スノーラが前に教えてくれたっけ。

う〜ん、でもそれだとちょっとなぁ。僕が息子って呼んだらおかしいし、小さいドラゴンさんは言いにくいし。

でも名前を付けるのは、人と魔獣が契約する時や、本当の家族だけって感じだもんね。あだ名くらいだったら大丈夫かな？

「うんちょねぇ、ちいちゃいどりゃごんしゃん、いうにょちゃいへん。どりゃちゃんい？」

『息子はダメ？　お父さん、いつも息子』

息子は家族だから息子でいいんだけど、僕が言ったら変だよ。

一生懸命伝える僕。小さいドラゴンさんは、最初は僕が言っていることが分かっていなかったけど、でも少ししたら、ちょっとずつ分かるようになって。花摘みの途中でお父さんドラゴンに聞いてくれました。

『お父さん!!　息子変！　レンはドラちゃんがいいって。お父さん、僕、ドラちゃんいい？』

『ん!?　何だいきなり』

『ああ、おそらく……』

スノーラが説明してくれたよ。そうしたら契約とかじゃないし、魔力を使って名前を言わなければ、別にドラちゃんって呼んでもいいって。よかった、これで変な呼び方しなくて済む。

それから僕達は、お花を摘みながらいろんな話をしました。

『どりゃちゃん、きょうだいいりゅ？』

『うん！　でもお兄ちゃん、少し前にどこか行っちゃった。お父さんは、もう大きくなったから旅に出たって言ってた』

「しょか。ぼくもいりゅ。きりぇいにゃ、こちょりしゃん。りゅりっていうにょ」

『小鳥？　人と小鳥なのに兄弟なの？』

「うん！　きょは、おりゅしゅばん。たべしゅぎた」

色々お話をする僕達。

ドラちゃんは四歳で、好きなことは魔獣ボールで遊ぶこと。好きな食べ物は色々で、魔獣のお肉でもお魚でも、木の実でも何でも食べます。

それからお母さんドラゴンさんは、今はお父さんドラゴンさんと喧嘩《けんか》しちゃって、怒って友達のドラゴンさんの所に行っているって。それ、僕に言ってよかったのかな？

てかそれよりも、魔獣ボールって何？

そう聞いたら、魔獣ボールは魔獣さんが脱皮《だっぴ》した殻をボールみたいにしたものなんだって教えてくれました。

アルマージっていう、くるっと丸まって転がりながら移動する魔獣さんがいるみたい。脱皮した後にその皮がしっかり乾くと、転がる時みたいに丸くなって、それでボールみたいにして遊べるんだって。

そんな話をしながら、ふとドラちゃんの手元を見たら、摘んだお花が輪っかになっていました。

僕の方は……僕はギュッと握っているだけ。持てなくなったやつは、ルリやみんなのお土産用にちゃんと集めて置いてあるけど。

でも、そのお花の輪っか、いいなぁ。

「しょりぇ、どうやりゅの？」

『ん？　お花の冠《かんむり》？』

「しょ！　おちえてくりぇる？」

『うん、いいよ!!』

どうせなら、頑張ってみんなの分作りたいな。

自分のとスノーラとルリのでしょう、ローレンスさん達の分に、他のみんなも。でも難しかったらまずは自分の分を練習して、上手にできるようになったらみんなの分を作ろうかな。

『まず最初に花を三本持って……』

とっても丁寧に教えてくれるドラちゃん。頑張ろう!!

◇　◇　◇

我、スノーラがドラゴンと話をしていると、急に騒ぎ出したレン。

まさかドラゴンの子供がいるとは思わなかった。

ドラゴンが子供と遊ばせてもいいか聞いてきたため、レンを大人しくさせておくのにちょうどいいと思い、許可を出す。

これでゆっくり話ができると、さっそく話を再開したのだが、その考えが甘かった。

すぐにドラゴンの子供がレンの名前について質問してきて、そしてまた少しすると、今度はレンがドラゴンの子供の呼び方について聞いてくる。

そしてそれから質問がくることはなかったが、キャッキャ、キャッキャ。ガウガウ、ギギャギャギャ。きゃあぁぁぁ!!　と楽しすぎて奇声を上げ始めた。

『これでは遊ばせる前より酷《ひど》くなったのでは？　失敗だったか』

我がそう零《こぼ》すと、ドラゴンが笑う。

『子供などこんなものだろう。まぁレンの場合は、遊んでいてもいなくても、ほとんど同じだと思うが。最初の出会いがお前の毛の引っ張りだったからな。はははは』

『いや、あれは痛かった。子供の力を甘くみていた、次からは気をつける。そうしないと我の毛が全て抜かれてしまいそうだ』

と、レン達に邪魔されながらも、なんとか話をすることができた。

どうやらドラゴン父は、息子を守ろうと、あの変な気配が薄い場所へ移動しようとしたらしい。

そしてレンを見て、レンの魔力が気配を薄くしていると気づいたと。

まさかレンから魔力が漏《も》れているとは、ドラゴン父に言われなければ、ずっと気づかなかったかもしれない。慣れとは怖いものだ、本当に助かった。

魔力が流れっぱなしはよくないからな、どうするか早急に考えなければ。何かいい方法がないかローレンスに聞いてみるか。それとも我が魔力を引き出す時のように、その逆で魔力を抑え込んでみてもいいか。

後は、ドラゴン家族をどうするかの問題もあるな。

街を襲うために向かってきていたわけではなかったことはいいが、それでもドラゴンが来たというだけで問題だからな。

我がそのことを伝えると、ならば街の近くの森に住むと言われた。

『この近くには、お前がゆっくりできるような大きな森はないぞ?』

『しかし、そろそろゆっくりしたいのだ』

これからのことを考えるドラゴン父。少しして、よし決めたと、羽を広げた。

『我はお前達の街へ行くことにするぞ!』

『だがどうする？　そのままでは街に近づくことも――』

できないだろう、と言おうとしたところで、ニヤリと笑みを浮かべるドラゴン父。

『お前、我を誰だと思っている？』

次の瞬間、ドラゴン父の大きな体は消え、目の前には別の者がいた。

そしてそれとほぼ同時に、レンの嬉しい時の叫《さけ》び声が聞こえ、ドラゴンの息子も喜んで、レンと一緒に叫び声を上げる。

「これならば、街に入っても問題あるまい？」

第2章　魔獣達の救出

『いいか、本当に、ほ・ん・と・う・に、静かにしていてくれ。何かあれば責められ、もしかしたら我らが街を出なくてはいけなくなる』

「分かったと、先程から何度も言っているだろう。まったく、心配性だなお前は」

『何だと⁉　誰のせいで、こんなに我が気を使っていると思っているのだ‼』

「それは魔法陣を張った者達のせいだろう？　それか森や林、色々な場所に、変な気配を放った者達のせいであって、我のせいではない」

『くっ……いいか、もうすぐ着くから、我がいいと言うまで、今行くところから外には出るなよ。それから何も触るな！』

「分かった分かった。本当に口うるさい奴だ」

僕達を背に乗せて、スノーラはドラゴンお父さんとそんな話をしていました。

「レン、僕、ルリと仲良しになれるかな？」

二人のやりとりを聞きながら、ドラちゃんがそんなことを聞いてきます。

そうそう、ドラちゃんも変身しているんだ。

だいたい五歳くらいの子供の姿で、僕よりちょっとお兄ちゃんって感じ。

「だいじょぶ！　みんにゃにゃかよし！」

「そっか。僕、レン達といっぱい遊びたいなぁ」

そう言って、ドラちゃんはへにゃりと笑います。

ドラちゃん、最近変身できるようになったんだって。

さっき、突然ドラゴンお父さんが人型に変身した時に、ドラちゃんは『変身していいの⁉』って大騒ぎ。

何かね、せっかく変身できるようになったのに、なかなか変身する機会がなかったみたい。

だからドラゴンお父さんに「いいぞ」って言われたドラちゃんはさらに大喜びして、すぐに変身しました。

でもね、しっぽが出ていたり、羽が出ていたり、足や手がそのままだったり……まだ一回で変身できなくて、完璧に変身できたのは五回目でした。

そしてドラちゃんが完全に変身できたと同時に、スノーラの大きな声がしました。

『はあぁぁぁ⁉』

スノーラのあんな声聞いたの初めてだったよ。

どうしたのか聞こうとしたんだけど、ドラゴンお父さんが「さぁさぁ行くぞ、早くスノーラに乗れ」って。

慌てて、作った花冠と、作りかけの花冠、それから摘んだお花をスノーラにしまってもらいました。

花冠は二個目が作り終わって、三個目の途中だったの。一個目は失敗、二個目は半分成功。これから三個目頑張るぞって、せっかく今のところ上手にできていたのに。

ちょっとブスッとしながらスノーラに乗ったよ。ドラゴンお父さんとドラちゃんも一緒にね。

こうしてバタバタしながら、ドラゴンお父さんとドラちゃんを連れて、僕達はお屋敷に帰ってきました。

ヒュンッ‼　スノーラがもう少しスピードを上げて、そして止まった場所は僕達のお部屋の中でした。

せっかく門を通り抜けられるようにギルドカードを作ったけど、依頼以外で外に出る時は今みたいにヒュンッ‼　って外に行っちゃうんだよね。

部屋に着いてスノーラの背中から降りると、すぐにルリ専用のベッドから、ルリが僕の方へ元気に飛んできました。よかった、もう元気になったみたい。

でもルリが途中で止まったよ。僕の後ろには二人がいたからね。

『レン、お客さん？』

「うんちょ、おちょもだち！」

「今から呼んでくる。いいか、本当に何もするな！」

スノーラが人の姿に変身して、ドラゴンさんにそう念押しして部屋から出て行きます。

スノーラ、さっきから注意してばっかり、何回も同じこと言っているの。

と、スノーラが出て行ってほとんどすぐ、バタバタって何人もの走る足音が聞こえて、バンッ‼とスノーラが勢いよくドアを開けました。

「奴らがそうだ。お前と話がしたいと。それから少しの間、この家に置いてほしいそうだ」

スノーラの後ろにはローレンスさん、ケビンさん、それからエイデンお兄ちゃんがいました。

ローレンスさんは本当に本当なのかとか、大丈夫なのかとか、どうしたらいいんだとか、とっても慌てていて、ケビンさんにしっかりしてください、って言われているよ。

それからは、お客さんが来た時に使う部屋へ移動した僕達。

ソファーに座ったローレンスさんは、用意されたお茶を、熱いのにガバッと飲もうとして零して、今度は後から来たセバスチャンさんに注意されていました。

「セバスチャンも、ケビンも、よく平気でいられるな。彼が誰か聞いただろう」

「ええ、ですがここには既にスノーラ様がいらっしゃいますので」

「ほほ、時々ブラックホード様もいらっしゃいますからね」

「いやそうだが、それもそうなんだが」

あわあわとそう言うローレンスさんに、ドラゴンお父さんが笑い声を上げます。

「ハハハッ、そんなに緊張《きんちょう》しなくともいい。これからよろしく頼むぞ！」

ドラゴンお父さん、まだ何もお話ししてないよ。

今、僕とスノーラはドラゴンお父さんとドラちゃんを挟むようにソファーに座っていて、そのせいでいつもはゆるゆるに座っているソファーが、ちょっとだけきつきつに。

ローレンスさんはそれを見ながら、改めて口を開きます。

「ゴホンッ。じゃ、じゃあまず、私達の自己紹介から……」

「ああ、それならばここに来るまでに我がしておいた。その方が面倒がないからな」

「……そうなのか？」

スノーラの言葉にローレンスさんが不思議そうにしていると、ドラゴンお父さんが頷きました。

「ああ、それは大丈夫だ。お前がローレンスだな。そしてそっちが、髪型からすると兄の方のエイデンだな？　そして横の若い男がケビンで、そっちの老人がセバスチャン。合っているか？」

「え、ええ、間違いありません」

ドラゴンお父さん、全員正解!! 僕とルリは拍手します。

「よし、お前達だけではあれだからな。それにこれから世話になるんだ、我のことを話そう。街へ来たのは我も久しぶりだが、お前達人間にとっては何百年ぶりになるのか？ 我はお前達がいうところのエンシェントドラゴンだ。よろしく頼む」

え？ エンシェントドラゴン？ それって本だととっても凄いドラゴンって感じで出てきていたよね。それと同じエンシェントドラゴン？

帰ってくるまでずっとドラゴンお父さんって呼んでいたし、ドラゴンに会えて嬉しかったから、別に気にしてなかったんだけど、本当にエンシェントドラゴンなの？

ローレンスさん達も目を真ん丸にして、僕と同じくらいビックリしてました。

「さぁ！ これからのことを話そうではないか!!」

ドラゴンお父さんがそう言ったんだけど、その後が大変でした……スノーラ達が。

っていうのも、話し合いと言えるほどの話し合いは行《おこな》われなくて、ドラゴンお父さんが、さっさと話を終わらせちゃったんだ。

もうね、ローレンスさんもスノーラも、慌てるわ怒るわ、ガックリするわでわちゃわちゃ。

僕達も話が長くなりそうだからって遊ぶ用意して、さぁこれから遊ぼうとしたところで、すぐにそれを片付けることになっちゃいました。

話し合いはこうだったよ。

ドラゴン親子は、少しの間ローレンスさんのお家に住まわしてもらう。それで住んでいる間は、スノーラやブラックホードさん達と一緒に、ペガサスの子がいなくなった場所に残されていた魔法陣のことや、スノーラ達が言っている、変な気配のことを調べてくれるって。

それからお屋敷よりもいい場所が見つかったらそっちに移動して、それでも気配がなくなるまでは一緒に調べてくれるって。

後は、ご飯は一緒に食べてもいいし、森に行って魔獣を狩ってきて、自分達だけで食べてもいいし。それはこっちに任せる。

それとお部屋は空いている部屋を貸してくれれば、どんな部屋でも構わない。小さい部屋でも、外の小屋でもどこでもいい。

最後に、僕とルリとドラちゃんが楽しく仲良く遊ぶこと。以上!! でした。

それだけ勝手にペラペラ喋って、「さぁ、まずは何からするか」って。

え？ 終わり？ って、僕もビックリしてスノーラ達の方を見たら、スノーラはふるふる震えていて、ローレンスさんはポカンって感じ。エイデンお兄ちゃんは笑っていて、ケビンさんとセバスチャンさんは……いつもと変わらない顔していたけど。

でもドラゴンお父さんは特段気にした様子もなく、お話を続けます。

「まずはそうだな、部屋をどうする？ それとも外の小屋を見に行くか？」

「ふ……」

「ふ？　何だスノーラ？」

「ふざけるなぁ‼」

怒るスノーラ。ポカンってしていたローレンスさんが復活して、急いでケビンさん達に指示を出して、その後は怒るスノーラと笑うドラゴンお父さんの間に入りました。

それで、これから部屋を用意するから待っていてほしい。食事についても今日用意してみて口に合えばそのまま一緒に食べればいい。とりあえず屋敷から出ないでほしいって言いました。

だから待っている間、僕達の部屋で待っていてもらうことにしたんだ。その方がドラちゃんとゆっくり遊べるしね。

スノーラ、ドラゴン親子、それにエイデンお兄ちゃんも一緒に僕の部屋に着くと、まず僕達はドラちゃんに部屋の中をご案内。最初に卵を紹介して、今までに集めた宝物とかも見せてあげます。

ドラちゃんは色々な物に興味津々。

変身ができるようになって、二回だけ他の街に行ったことがあったんだけど、見るだけで何もしないで、すぐに帰っちゃったんだって。だからこんなにゆっくり人の家や物を見るのは初めて。

あっ、でもね、一番気に入ったのは秘密基地でした。

葉っぱが気に入ったって。どうしようかな？　ドラちゃんが入るなら、もう少し広くないとダメだよね。僕はエイデンお兄ちゃんに聞いてみます。

「おにいちゃ、どりゃちゃんはいりゅ、もちょっと、ひりょくにゃいとめ」

「ああ、確かに。待ってて、今誰かに頼んで板を持ってきてもらうから」

そう言うとエイデンお兄ちゃんは廊下から顔を出して、通りかかった使用人さんに、板を持ってきてって頼んでくれました。すぐに使用人さんは板を持ってきてくれて、みんなで壁を広げることに。

それから壁を広げるってことは、屋根の葉っぱも増やさなくちゃいけないから、今度はスノーラを呼びます。葉っぱを出してもらおうと思って。

部屋に来てからも、ずっとドラゴンお父さんを怒っているスノーラが、「あ?」って、柄《がら》が悪い人みたいな返事をしながら僕達の方を見てきて。でもすぐに、しまったって表情になって、謝りながら僕達の方に来ました。

「すまん、思わず強い口調になってしまった。それでどうした?」

「えちょ、おやねちゅくる。はっぱだちて」

「秘密基地を大きくするんだよ、だから屋根も増やさないとね。僕が手伝うから、スノーラは葉っぱを出した後、後はまた続きをどうぞ」

エイデンお兄ちゃんが補足してくれたんだけど、スノーラはジト目を向けます。

「……お前もここの住人として、少しは何か言った方が」

「僕は確かにここの家の者だけど、当主は父さんだからね。今回のことに関しては僕はノータッチで」

結局、葉っぱを出してくれたスノーラは、その後もまたドラゴンお父さんを怒って、というか文句を言ってました。

それを尻目《しりめ》に、僕達は秘密基地を増築していきます。

「かんしぇ！」

『新しい秘密基地!!』

「レン、ルリ、入ってもいい？」

「どじょどじょ！　にゃかであしょぶ！」

『あっ！　レン、最初に卵！』

そうだった。増築する時、危ないから卵を外に出していたんだ。

最初にみんなでそっとそっと卵を基地の中に運んで、それから改めて基地の中で『やったぁ!!』のシャキーンッ!!　のポーズをしました。ドラちゃんにも教えてあげたんだ。

僕のシャキーンッ!!　はいつもとちょっと変わっていて。僕が真ん中に立って、両隣にルリとドラちゃんが。いつも僕は左右どっちかにシャキーンッ!!　だけど、ドラちゃんがいる時はバンザイして両足を開いて、シャキーンッ!!　のポーズ。

ローレンスさんが呼びに来るまで、秘密基地の中でいっぱい遊んだ僕達。スノーラ達は……ずっとあのままだったよ。

ドラゴンお父さん達がローレンスさんのお屋敷に来て二日が経ちました。

今日はブラックホードさんもお屋敷に来て、お屋敷にはとっても強い魔獣さんが三人になりました。

みんなが集まった時、ローレンスさんが何で私の所ばかりって、ぼそっと呟《つぶや》いていました。

でもそれを気にすることもなく、スノーラ達がそれぞれの報告をします。

どうやらブラックホードさんは、ドラゴンお父さんとは元々知り合いで、ここへ来た時、その気配に気がついていたみたい。でもここにはスノーラがいたから、全部任せようと思って子供の情報を集めていたんだって。

それはそうだよ、だって自分の家族を探す方が優先だもん。

「それにしても、お前の息子が攫われるとは……我ももしかしたら自分の息子を攫われていたかもしれないな。よし、我もしっかりお前の息子を探そう」

「すまない」

「気にするな。それにお前のことがなくとも、この気配に魔法陣、これをどうにかしなければ我々、いや森の魔獣達がいつまで経っても平和に暮らせんからな」

「はぁ、しかしどれだけ時が経とうとも、いつの時代にも、何かよくないことをしでかす者達が現れる。どうにかならないものか」

「まったくだ。今回はどんな者達が関わっているのか。それで魔法陣のことだが……」

話し合いが始まって、僕達はセバスチャンさんと一緒にお庭に行きました。今日はお兄ちゃん達、学校だからいないんだ。この世界の学校ってどんな所かな？

ルリ、ドラちゃんも一緒に、みんなで川の方へ行きます。

今も魚は泳いでいるんだけど、もう少しすると美味しい魚が来るようになるんだって。もちろん今の魚も美味しいけどね。

「僕ね、魚とるの上手。でもドラゴンの姿じゃないとダメ、人の姿だとまだ上手に捕まえられないんだ。お父さんはどっちでも上手。やってみてもいい？」

「よろしいですよ。しかし、ここで変身を解いてしまうのは……あちらに移動しましょう」

言われて移動する僕達。着いたのは初めて見る小さな小屋の前でした。よく見ると、小屋の中に川が流れています。

「中を見て参ります。少々お待ちを」

ドアを開けて中に入るセバスチャンさん。中からシュウッ、シュシャシャ、ガタガタ、バタン、色々な音が聞こえてきて。五分もしないでセバスチャンさんは小屋から出てきたよ。

「どうぞお入りください」

中に入ると、小屋のほぼ真ん中を川が流れていて、川の両側には椅子《いす》が置いてありました。それから端っこには、テーブルと縦長《たてなが》のタンスみたいなものが。

「さぁ。椅子にお座りください。ここは寒い日や雪の日など、外で釣《つ》りができない時に使う小屋なのですよ」

今寒い日、雪って言った？　この世界にもちゃんと雪が降るんだね。そしてそのための魚釣り専用の小屋、そんな小屋まであるなんて。

でもこれならよっぽど、窓の近くまで寄らないと中は見えないし、ドラちゃんが変身を解いても大丈夫だね。

さっそくドラちゃんが変身を解きます。

それでじっと川を見つめた後、シュッ!!　凄い速さで手を動かしたんだ。

そうしたらぽ～んっ!!　って僕達の後ろに何かが飛んできて、それがピチャピチャ元気よく飛び跳ねました。お魚さんが元気よく跳ねていたよ。

『ね、僕、魚とるの上手でしょ』

わぁ!!　僕もルリも拍手です。

『こういうのもできるよ』

また川を見るドラちゃんは、今度は羽をバシュッ!!　と動かして、僕達がいる方じゃなくて川の向こう側にお魚さんが飛んでいきました。僕達はまたまた拍手。

「にゃんでしょんなにじょうじゅなにょ？」

『お父さんに教えてもらったんだ。それに僕、川で遊ぶの好きなの。あとは湖とか。それでいっぱ

い遊んで、練習してたら上手になったんだ』

ふーん、僕も練習すればできるかな？

僕は後ろで跳ねている魚の方に行って掴もうと思ったんだけど……つるっと滑《すべ》って前の方に。また掴もうとして今度は横の方に。魚ってこんなに掴みにくかったっけ。

向こうのルリよりも大きい魚は、ルリが軽く運んできてくれたけど、僕だけがなかなか掴めなくて、最後はセバスチャンさんが手伝ってくれました。

みんな何でそんな簡単にできるのさ。ちょっとブスッとする僕。

「レン様、まずは大人しい魚から練習してみましょう。それと、魚釣りもしてみてはどうでしょうか？」

そう言うと、タンスみたいなものからガサゴソ、何かを出してきたセバスチャンさん。

そう、中には釣り竿《ざお》が入っていて、何と子供用の釣り竿があったんだ。お兄ちゃん達の使っていた釣り竿だって。お兄ちゃん達の……なんか嬉しいなぁ。

さっそく僕はセバスチャンさんと釣りを、ルリはドラちゃんに魚取りのやり方を教わることになりました。

よし、頑張って釣ろう！　それでスノーラに僕が釣った魚を食べてもらうんだ。スノーラお疲れだからね、ご飯をいっぱい食べて元気になってもらわなくちゃ。

その後、頑張って魚を釣った僕達。

何回か逃しちゃったんだけど、レオナルドお兄ちゃんが学校から帰ってきて呼びに来てくれるまでに、三匹の魚を釣ることができたんだ。それでセバスチャンさんと一緒に魚を掴んでもらって、なんとかバケツに入れることもできて。

でもその隣には、バケツに山盛りの魚が。ルリとドラちゃんがいっぱい魚を捕まえて、それ以上バケツに入れたら、魚がバケツから落ちちゃうってくらい入っているの。さっき一回落ちたけど。

「レンは三匹釣ったのか。初めてで凄いじゃないか。俺なんて初めての時は魚半分だったぞ」

お兄ちゃんの初めての釣りは川じゃなくて海でした。ローレンスさんの仕事に一緒に付いていって、仕事が全部終わった後にみんなで海に行ったみたい。

それで魚釣りをしたんだけど、魚が釣れたと思った瞬間、釣ったのよりも大きな魚が海から飛び出してきて。お兄ちゃんの釣った魚を半分食べちゃったんだって。だから魚半分。

「ルリとドラも凄いな、これなら今日の夕飯は魚料理だな」

「えちょ、ぼくによは、ぼくと、リュリと、しゅのーのできりゅ？」

だって僕の初めての魚は、ちょうど三匹だから三人で食べたいの。一番大きな魚はスノーラで次に大きいのがルリ、一番小さいのが僕ね。

「大丈夫ですよ、そのように料理長にお伝えしますから。では手を洗って戻りましょう」

魔法で水を出してもらって、綺麗に手を洗った僕達は、そのままお屋敷に。

ご飯までまだ時間があるから、少しだけお兄ちゃんのお部屋で遊んだ後、みんなでお風呂に入りました。ドラちゃんはドラゴンの姿でお風呂で泳いでいたよ。とっても上手なんだ。

僕はまだ泳げないんだよね。前に泳ごうと思ってやったら、溺《おぼ》れそうになったの。ローレンスさんに、危ないからもう少し大きくなったらって言われちゃったんだ。

お風呂から出てからは、まったりする部屋で、ゴロゴロしていた僕達。

ローレンスさんやフィオーナさん、エイデンお兄ちゃんも集まってきて、最後にスノーラ達が帰ってきました。ブラックホードさんはもう森に帰っちゃったって。

セバスチャンさんが呼びに来て、僕達は食堂に走っていこうとします。

でも止められて、よく分からないままセバスチャンさんに付いていきました。

そのまま外に出て着いた場所は、お屋敷の裏の、騎士さん達が訓練する広場でした。

その広場の真ん中に、ケビンさんやアンジェさん、他の使用人さんやメイドさん達がいて、近づいたら焚《た》き火と、テーブルの上にいっぱい食材が載っていたよ。

「さぁ、レン様、皆様も。今日はお好きなものをここで焼きながら食べますよ。まずはレン様方がお釣りになった魚から焼きましょう！」

何その楽しそうなご飯!!

テーブルの横、串《くし》に刺さっている魚がお皿の上に載ってて、三匹入っている方が僕が釣った魚だって。

僕はスノーラの前まで入れ物をズルズル引っ張ってきて、一番大きな魚が刺さっている串を持って、スノーラの前に差し出します。

「ぼくちゅったの！　こりぇ、こにょおおきいにょ、しゅのーにょ！」

「これを我のために釣ってくれたのか。ありがとうレン、とっても嬉しいぞ！」

優しく頭を撫でてくれた後、とってもにっこりのスノーラ。僕もニコニコです。

それからスノーラが、魚を火の周りに順番に地面に刺していきます。他の魚もドラちゃんやお兄ちゃん達が刺していました。間違わないでね、この三本が僕とルリとスノーラのだからね。

だんだんと魚がプチプチ、パチパチしてきて、焦げも付いてきます。ひっくり返す時は危ないからスノーラと一緒に。それからまた少し待って、いい具合に焦げ目が付いたら出来上がり。

串に布を巻いて熱くないようにして、お皿に載っけたらテーブルまで運びます。

ルリは他にも、自分が取った魚を三つ持ってきました。

そしてみんなの分が用意できたらいただきます!!　スノーラが食べるのをじっと見る僕。どう？　美味しい？

「ふむ、脂《あぶら》が乗っていてとても美味しいぞ。いい魚を釣ったな。これなら何匹でも食べられそうだ、今度はまた釣ってきてくれ」

「しゅのー、げんきなりゅ？」

「レン……そうか。ああ、こんなに美味しい魚を食べたからな。ありがとうレン」

さっきよりもニッコリのスノーラ。僕もまたニコニコ、自分の魚にかぶりつきます。

この魚、骨はしっかりあるんだけど、食べているのが分からないくらい柔らかいんだ。いつもはスノーラが魚の骨を取ってくれるんだけど、今日はそのままかぶりつきました。スノーラの言った通り、脂が乗っていて、とっても美味しかったです。

「おいち!!」

『うん！　レンの釣った魚美味しい！　ルリが釣った魚も美味しい!!』

え？　と思って隣を見たら、もう二匹目を食べているルリ。相変わらず食べるの速いね。

その後も色々なものを焼きながら食べて、とっても美味しくて、とっても楽しいご飯でした。

みんなニコニコ、スノーラも元気になったって。よかったぁ。

そんな楽しい夜のご飯はそろそろ終わりです。

ふぅ、いっぱい食べたぁ。ご飯だけでお腹いっぱいだったんだけど、なんとデザートまであって、すっかりお腹がパンパンです。

マシュマロ焼いて食べるのあるでしょう？　この世界にもマシュマロに似ているお菓子があって、それを焼いて食べたんだ。

それから木の実も。焼くととっても甘くなって美味しくなる、栗《くり》みたいなやつがあったんだ。大きな鍋《なべ》に入れて焼いてから、皮を剥《む》いて食べます。皮はスルッと僕でも簡単に剥けるんだけど、でも焼きたてだから熱くて、初めのうちはスノーラに剥いてもらいました。

蜜《みつ》がじゅわわって溢《あふ》れてきて、とっても甘くて美味しくて、食べた感じはやっぱり栗だったけど、甘さが全然違いました。

そんなこんなで、そろそろ家の中に戻る時間です。お腹がいっぱいでゆっくり、ふらふらしながら、表のお庭の方まで来た時でした。

『……パ、…………いよ』

あの声が聞こえてきたんだ。

バッと声のした方を見て、すぐにスノーラの方を見たら、僕の様子に気づいたみたいで、「アレか」って聞いてきました。いつもよりも声が強い気がします。

それに頷いた僕達を見て、ドラゴンお父さんが話しかけてきました。

「どうしたんだ？」

簡単に、スノーラが声の話をします。

一応、ドラゴンお父さんにも声が聞こえるか確認してくれたけど、やっぱりドラゴンお父さんにも聞こえてないみたいでした。どうしていつも僕だけ？

スノーラが声を調べに行ってくるって、魔獣の姿に変身しようとします。でもそんなスノーラにドラゴンお父さんが言いました。

「ならばレンも連れて行け」

「は？　何を言っている？　そんなことできるわけがないだろう。危険かもしれないのに」

「だが、レンを連れて行った方が、解決するかもしれんぞ。レンはあれに気がついたからな。今までに感じられなかったものを、感じることができるかもしれん。我も一緒に行こう。スノーラと我がいれば、そう危ない目にはあうまい」

「だから何を言って」

それからもスノーラとドラゴンお父さんは揉めて、結局スノーラがイライラして、話の途中で一人で調べに行っちゃったよ。

ドラゴンお父さんはため息をついて、もしかしたら僕も行くかもしれないから、起きていられるか？　って聞いてきたんだ。

う〜ん、どうかな？　今は大丈夫だけど、もしかしたら途中で寝ちゃうかも。もちろん声が聞こえるうちは起きておきたいけど、お腹いっぱいで、いつもだったらすぐに眠くなっちゃうから。

とりあえず家に入る僕達。

ローレンスさん達はいつでも動けるように準備するって、家の中をバタバタ。

フィオーナさんはドラゴンお父さんの話を聞いて、やっぱりスノーラみたいに、僕を連れて行くのに反対してました。それでもやっぱり譲《ゆず》らないドラゴンお父さん。

そんな感じで、いつもならもうとっくに寝ている時間を過ぎても、頑張って起きていたんだけど……でも時々、こっくりこっくりしちゃいます。ルリとドラちゃんは、僕の隣で完璧に寝ていました。

「やっぱり無理よ。レンはこんなに小さいのだから」

「ふむ……ん？　帰ってきたか？」

「お前は……レンを無理矢理起こして待たせていたのか？」

あれ、スノーラの声がする。

「それよりもどうだった？」

「おい、我の話を……はぁ、やはり変な感覚はするが、それが何なのかが分からん」

準備をして待っていたローレンスさんも部屋に来ました。

「だから言ったであろう、レンを連れて行けと」

「お前はまだそんなことを」

「我が話したのを忘れたか？　レンの魔力のおかげで、あの変な気配が弱まると」

眠い目を擦《こす》ってスノーラを見たら、スノーラがハッとした顔をしていました。

「周りの嫌な気配を薄くすれば、もしかしたらそのわけの分からん声が、もっとしっかり聞こえるようになるかもしれんぞ。お前がレンを大切にしているのは分かっている。しかしこの気配がする限り平和は訪れん。危険かもしれんがやるべきだ」

ローレンスさん達が何のことだって間に入ります。スノーラは少し考えた後、この前ドラゴンお父さんと初めて会った時に話したことを、全部じゃないけどローレンスさん達に話しました。

それを聞いたローレンスさん達は、何で早くそれを言わなかったって、スノーラを怒ったよ。フィオーナさんなんて掴みかかる勢いで。

でもそれをドラゴンお父さんが止めて、スノーラにどうするか聞きます。

スノーラはちらりと僕を見て、でもやっぱりまだ悩んでいます。

僕にできることがあるなら、僕、やるよ。

いつも僕思っていたの。この声、とっても寂しそうだし、悲しそうだし、苦しそうだって。

だからもし僕の力で助けてあげられるなら、僕、行くよ。

僕はそれを伝えて、少しの話し合いの結果、僕は声の聞こえる方へ行くことになりました。

僕に結界を張るスノーラとドラゴンお父さん。

玄関前には数人の騎士さんと騎士団長のスチュアートさん、ローレンスとフィオーナさん。レオナルドお兄ちゃんにケビンさんが集まっています。

エイデンお兄ちゃんは、これから多分色々な情報が集まってくるから、それの整理と、何かあった場合、それをローレンスさん達に知らせるために、お屋敷に残ります。ぐっすりのルリとドラちゃんは、アンジェさんが見てくれているよ。

「しゅぱちゅ!!」

「レン、静かにしていてくれ。我はお前を連れて行くのはまだ反対なのだ。しかしこやつの言うことも間違ってはいないからな」

大丈夫、静かにしているよ。今のは気合いを入れたの。

スノーラに抱っこされて、街へと向かいます。

街は昼間と違ってしんっと静まり返っていて、明かりも必要な場所が少し明るくなっているだけで、全体的に薄暗い感じがします。

でも、ちょっとだけ違う場所もあったよ。僕達が歩いているのとは、街の真ん中の大通りを挟んで反対側。そこだけ光が溢れていて、明るかったんだ。ローレンスさんが教えてくれたんだけど、あっちはお酒を飲むお店が並んでいるんだって。だから向こうは夜中でもずっと明るいみたい。

でもこっち側は人もほとんど歩いていなくて、二、三人酔っ払いがいるだけだったよ。

といっても、もし起きている人達がローレンスさん達を見て、何かあるんじゃないかって騒がれると嫌だから、細い道を移動することにしました。

そうしてだいぶ進んで、外壁までもう少しの所に来た時。

そこには小さな家が何軒か並んでいたんだけど、その一軒から、声が大きく聞こえてきました。

『パパ、帰りたいよ』

『怖い人ばっかり』

『痛いことするんだ』

『パパ、助けて』

でも僕以外のみんなには聞こえてないみたい。僕は思わず、声を上げました。

「こえしゅる!!　たしゅけて、パパかえりちゃ、いっちぇる!!」

「やはりな。おい、お前、この家を調べてみろ。今までにない、何かに気づかんか？」

ドラゴンお父さんがスノーラにそう言うと、スノーラがじっと家を見つめます。それからすぐでした。スノーラがハッ！　として、その後地面の匂いを嗅《か》いだんだ。

「これは、今まで全然気づかなかったが、この家の下に、何か得体の知れない気配を感じる。それにこの感覚……まさかここにいたのか⁉」

ドラゴンお父さんがニッと笑いました。

スノーラはローレンスさんに、見つけたものについて説明しました。

家の地下にある空間を隠すように魔法がかかっていたんだけど、僕が来たからなのか、それが弱まったみたい。だからスノーラも地下の空間に気がついたんだね。

あと、その地下空間には数人の誰かの気配と、何匹か魔獣達の気配があって、その気配の一つがペガサスだって言ったんだ。

もしかして、ブラックホードさんの子ペガサスかな？

ローレンスさん達の緊張が一気に高まったのが分かりました。こんなにピリピリしているローレンスさん達を見たの、初めてだよ。

それから話し合って、中に入るのは僕とスノーラ以外になりました。

ドラゴンお父さんが一緒に中に入ってくれるって。

地下空間の入口が魔法で守られているみたいで、それを破ってくれるの。

みんなが一気に家の中に突入していきます。そして数分後、中から大きな音が。ドガァッ!! ミシミシミシッ!! みたいな音。

だ、大丈夫？ ドアを開けるために無理して壊したりしてないよね？ ペガサスの子が怪我しちゃったら大変。それに声も聞こえなくなっちゃったし。

その時――

ん？ 僕は後ろを振り返ります。

ちょっと向こうのお家から、今、誰か見てなかった？

僕の様子に気づいたスノーラが首を傾げます。

「どうした、レン？」

「うんちょ、だりぇかみちぇちゃ？」

「……どの辺りだ？」

「あしょこ。う～ん、でも、もうみちぇない」

「そうか、また何か気づいたら教えてくれ」

スノーラが僕が教えた場所を睨《にら》みます。

すると目の前の家の中からドタバタ音が聞こえて、騎士さんに連れられて、縄《なわ》でグルグルに縛られた男の人達が三人出てきました。それからフィオーナさんとレオナルドお兄ちゃんも。

「ぺがしゃしゅ、いちゃ!?」

「ええ、大丈夫よ。スノーラ、地下へ行ってくれるかしら。レンは私が」

僕はフィオーナさんに抱っこしてもらって、スノーラが中に入って行きます。

それからどのくらい経ったかな。やっとスノーラ達が出てきました。

それでね、スノーラが小さい、でも僕よりちょっとだけ大きいペガサスの子を抱っこして出てきたんだけど、他にもドラゴンお父さんやケビンさん達が、魔獣さん達を抱っこしていました。

「ふう、全員救出できたぞ。もう大丈夫だ」

スノーラの言葉に、僕はニコニコです。ペガサスの子も魔獣さん達もぶるぶる震えているけど、大きな怪我はしていないって。

よかったぁ。みんなもう大丈夫だからね、お家に帰れるからね。

と、その時でした。

突然ぐるぐる巻きに縛られている人達が、苦しみ始めました。息ができていないみたいで、ヒュッて音が。それから吐き始めたし、体も痙攣《けいれん》し始めて。

ローレンスさんが急いでスノーラに、僕に見せないように離れろって。スノーラはすぐに横道に入って、それから数軒離れた家の裏まで行ったよ。

何々？　どうしたの？　どうして急に苦しみ始めたの？

突然のことで僕はビックリ、スノーラの洋服をギュッと握ります。

「レン、大丈夫だ。そうだ、これからきっと魔獣達は冒険者ギルドか、ローレンスの屋敷に連れて行くことになる。その時は魔獣達と一緒に遊んでいてくれ」

人間に捕まっていたペガサスの子と魔獣さん達は、ローレンスさん達を怖がっていないみたいだったけど、確かに他の人はまだ怖いって思って暴れるかも。

でもルリと仲良しの僕なら、僕達を見て安心するかもしれないし、仲良くなれるかも。

それに僕は小さいでしょう？　大人みたいに威圧感がないからそれも安心するはずって。

うん！　みんなのことは任せて！　みんなが安心するまでゆっくりお話ししたり、おもちゃで遊んだり、色々やってみるよ。

そんな話をしていると、ドラゴンお父さんが僕達を呼びに来ました。

でもさっきの家の前には行かないで、僕達はちょっと離れた別の家の前に。

よく見えなかったけど、いつの間にか台車？　みたいなものが用意されていて、その上に寝ている人達が。どうもさっきの人達が寝ているみたい。あの人達、大丈夫だったのかな？

「私達はこれから冒険者ギルドへ行く。とりあえず魔獣達も一旦冒険者ギルドだ。森に住んでいたものもいるかもしれないが、誰かの契約魔獣だった場合は失踪届《しっそうとどけ》が出されているかもしれないからな。それと照らし合わせてみる。その後のことはまた後日決める」

え？　でもそんなことをしなくても、スノーラ達は魔獣が何て言っているか分かるでしょう？

僕がスノーラにそう言ったら、スノーラが面倒くさそうな顔で教えてくれました。

どうもギルドのルール的に、やらないといけないみたい。

普通の人は魔獣の言葉が分からないでしょう？　だから、スノーラやドラゴンお父さんが魔獣の言うことを翻訳《ほんやく》したとなったら、そのことを記録に残さないといけなくなっちゃう。

だからそれを避《さ》けるためにも、ギルドの人達がギルドで調べましたよって記録に残すみたいだよ。

それにね、魔獣さん達も、怖い思いをしたからね。スノーラ達を信用できなくて、もしかしたら本当のことを言わない子もいるかもしれなくて。そういうこともあるからやっぱり確認は必要なんだって。

「なら我は、その間にブラックホードを呼んでこよう」

そう言うと、ドラゴンお父さんがシュッと目の前から消えました。ローレンスさんが、だから隠れてから動けと言っているのにって、とっても嫌そうな顔していたよ。

そうして僕達は、冒険者ギルドに向かうことにしました。

するとその時、助け出された一匹、とっても小さなルリと同じくらいの大きさで、丸まると大きなわたぼこみたいに見える、モルモットみたいな魔獣が、僕の頭の上に乗ってきて、そのまま離れなくなっちゃったんだ。

それから他の魔獣も寄ってきて、僕の周りから離れなくなってね。

魔獣さん達を運ぶために、小さな荷台を用意していて、それにスノーラが戻れって言ったんだけど、結局僕の周りは魔獣だらけのまま、冒険者ギルドに行くことになりました。

ぎゅうぎゅうのまま歩き始めた僕達。スチュアートさん達騎士さんは、後からあの捕まえた人達を運んでくるんだって。あと、他にも応援の騎士さんを呼んで、これからあの家を詳しく調べるって、そんな話し声が聞こえてきたよ。

冒険者ギルドに着くと、ダイルさんとスレイブさん、それから二人の職員さんが待っていました。冒険者ギルドのお酒を飲む所には誰もいなくて、今日はお休み？　って聞いたら、僕達が来る前にスレイブさんが追い出したんだって。

いつの間にか、ローレンスさんが知らせを送っていて、これから忙しくなるのに、酔っ払いは邪魔だって追い出したみたい。

それにこのことは、他の人には見せられないしね。

「それにしても、何でレンの周りに、魔獣が集まってるんだ？」

「大人といるよりはレンの方が安心できるのだろう」

「それにしても、今助けたばかりで懐きすぎだろう。まぁ、魔獣に好かれる奴は時々いるからな。それと同じ感じか？　……よし、まずは魔獣の確認からするぞ！」

受付に用意された紙の束を次々とめくりながら、魔獣さん達を確認していく職員さん。凄く速いの、シャシャシャシャッ!!　ってめくっていくんだよ。あれでちゃんと見ているんだって。僕、書いてある文字すら見えないんだけど。

二人の職員さんは、スレイブさんが自ら面接をして、その後のスレイブさんの試験にも合格した、何でもこなしちゃう凄い人達なんだって。フィオーナさんが教えてくれました。

「こういう仕事に関しては、もうマスターよりも上でしょう。安心して任せてください」

「スレイブ、おい！」

「では、あなたがやるんですか？　この量の届の中から？」

「……すみませんでした」

……本当はスレイブさんがギルドマスターなんじゃ。僕がじっとギルドマスターを見ていたら、フィオーナさんがクスクス笑っていたよ。

『ねぇ』

と、誰かが僕の洋服を引っ張ってきて、見たら横にペガサスの子がいました。

『今助けに行くからねって声が聞こえたの。君の声だった。ありがとう、助けに来てくれて』

僕の声が聞こえた？　僕と一緒だね。遠くにいたのに声が聞こえたなんて。

……ん？　あれ？　ペガサスの子は僕と普通に話ができるの？

スノーラに聞いたら、ペガサスの子は魔力が多いから、契約していなくても話せるみたい。ドラちゃんと同じだって。そういえばドラちゃんとも、最初から話ができたっけ。

「ぼく、りぇん。よろちくね！」

『りぇん？』

やっぱり間違えられた。りぇんじゃなくてレンだよ。すぐにスノーラがレンって伝えてくれます。

『レン、僕、ブラックホードパパの子。名前はないの。これから決めるんだよ。よろしくね』

魔獣さんの名前ってどうやって決まっているんだろう。大人になっても名前がない魔獣さんもいるし、子供なのに名前がちゃんと付いている子もいるらしいし。基準が分かんないや。

まぁ、僕はお友達になれるなら、何でもいいけど。

その後も魔獣さん達を調べるのは続いて、その間にスチュアートさん達が、冒険者ギルドに到着しました。

◇　◇　◇

俺、ジャガルガは今日の朝から、嫌な予感がしていた。

そのため、ペガサスやその他の魔獣のお守《も》りを、あの役に立たない、新しくチームに入った奴らに任せることにした。

元のメンバーには隠れ場に近づかないように言い、そして俺自身は少し離れた場所から様子を窺《うかが》っていたのだが……まさかこの判断が間違っていなかったとは。

本当ならばもうペガサスの子供は取引相手に渡し終え、次の仕事に取り掛かっている予定だった。

しかし数日前、魔獣売買の仲介役だった貴族のコレイションが急に、取引中止と言ってきたのだ。

理由を聞いても何も答えず、ただただ中止だと。

流石《さすが》の俺も、この頃のコレイションの動きには、かなりイライラした。これ以上ふざけた真似をするなら、この話からは降りるし、情報を流してやってもいいんだぞと言ってやった。

しかし奴は、捕まりたくないならば、そのままペガサスや他の魔獣を見張っておけと言うだけだった。

そして奴と一緒に来ていた魔術師のラジミールが突然呪文《じゅもん》を唱え始めた。

俺と部下達は身構えるがその場では何も起こらず、何をしたか聞けば保険だとしか答えず、あいつらは去っていった。

そして今日、夜になり、奴らが現れた。

数人の騎士と、サザーランド家の者達。そして最近あの屋敷に出入りしている、スノーラと呼ばれている男と、今までに見たことがない男が一人。そしてあの、俺が目をつけた子供まで付いてきているではないか。

その後は子供とスノーラは外へ残ったが、知らない男とサザーランド家の奴らが、隠蔽《いんぺい》の魔法で隠している、ペガサス達を捕まえていたあの家へと突入していった。そして役立たずの男達が連れ出され、最後にペガサス達が保護されていた。

しかし数分後、ラジミールが言う保険とやらが発動したのだろう、捕まっていた部下達が息絶えた。これで奴らの身元以外、そう簡単に他の情報が漏れることはない。

それにあの地下にかけられていた隠蔽の魔法も、突破された時点で、全ての証拠が消滅するようになっている。これもラジミールが施《ほどこ》したものだが、だからこそ俺達の身元が割れる心配もない。

奴らが移動し始めたのを確認して、俺は他のアジトに待機している仲間の元へと向かう。

さて、やはりあのガキを詳しく調べた方がよさそうだ。明日から忙しくなるぞ。

◇◇◇

私、ローレンスは、エンシェントドラゴンに地下室への入口を破壊してもらい、すぐさま中へ突入した。

するとそこには何匹かの魔獣とペガサスの子が入っている檻《おり》があり、その前には、こちらへ攻撃を放とうとしている男三人の姿があった。

しかし攻撃をされる前にすぐにそいつらを捕まえると、一緒に来ていた騎士が縄で縛り上げ、そのまま地上へと連れて行く。

その後はエンシェントドラゴンが、ペガサスの子や他の魔獣が入っている檻を壊し、保護しようとしたのだが……魔獣達が怖がってしまっていた。

エンシェントドラゴンは、自分はドラゴンであって人ではないと安心させようとしたのだが上手くいかず、結局スノーラを呼んで魔獣姿になってもらって、ようやく信用してくれた。

緊張している魔獣達をなんとか外へ連れ出した私達は、レンに保護した魔獣を見せてやろうとした、その時――

突然、捕まえた男達が苦しみ出したのだ。

まずい、この苦しみ方は……

私は急いでスノーラに、離れるように言う。レンにこんなものは見せられない。

スノーラはすぐに察して、レンを連れて家の裏へと入っていき、他の魔獣はエンシェントドラゴンが、少し離れた場所へ連れて行った。

スノーラ達が去ったのを確認した私は、男達に近寄る。

スチュアートとケビンが、なんとか男達を助けようとしていたが、男達は目、口、鼻、耳、あらゆる場所から血を流し始め、そして最後に激しい痙攣と共に血が噴《ふ》き出し、そのまま死んでしまった。

「やられましたね。完全にこれは口封じですね」

その様子を見て、スチュアートがそう零した。

元から男達に何らかの処置がされていたか、それともどこからか今の状況を見ていて、魔法か何かの方法で男達を殺したか……

私は周りを見つつ、エンシェントドラゴンに誰かいるかと聞いたが、そんな気配はないと言われてしまった。

はぁ、やはりこんなものレンには見せられない。スノーラがすぐに行動してくれてよかった。見たら絶対にショックを受けていただろうからな。

戻ってきたレンに男達を見せないようにしながら、外門の所から借りてきた荷台に男達を乗せ、これからのことをさらっとスノーラに説明し、冒険者ギルドへ行ってもらうことにした。

現場検証もするが、せっかくの重要人物達を死なせてしまった。

だがこうして口封じが行われたということは、今回の事件に関係しているのは、この男達だけでないことは明白だ。

もし他の犯人に繋がる証拠が見つかれば、すぐに行動しなければ。

「よし、始めるぞ!!」

私のかけ声に、皆が動き始めた。

第3章　新しい家族

数十分後、ようやく書類の確認が終了して、届け出が出されていた魔獣さんはいなかったことが分かりました。

一応スノーラも、魔獣さん達本人に確認して、やっぱり人と契約している魔獣はいないって、きちんと確認ができました。

ペガサスの子以外に救出された魔獣はたくさんいます。

まず、僕の頭に乗っかって離れない、もこもこわたぼこ魔獣さんは、モモッコルっていうネズミ魔獣でした。花がいっぱい咲いている場所に住んでいて、このふわふわ、もこもこの毛が特徴です。普通のモモッコルの毛は、茶色だったり黒だったりするらしいんだけど、この子はほんわかピンクで、今までに見たことがないってスノーラが言っていました。

……というか、今ここにいる魔獣さん達は、珍しい子ばっかりなんだって。種族自体は普通に、それこそスノーラ達と出会った森にもいるらしいんだけど、でもこの子達は色や姿が、本来のものとは違うみたい。

次の子は、羽の生えているヘビさん魔獣。羽ヘビだって。この子の羽は他の子よりも大きくて、天使の羽みたいなの。それから色は灰色や茶色が普通なんだけど、この子は綺麗な白色。とっても綺麗な姿をしているから、鑑賞用に高く売ろうとしたんじゃないかって。

次は穴モグラ。土の中じゃなくて、岩の中に住んでいる魔獣さんです。大きなツノが生えていて、それで岩を砕《くだ》きながら進むんだよ。この子は他の子よりもツノが大きくてしっかりしているみたい。この子のツノを加工すれば、いい武器ができるから、それで攫ったんじゃないかって。

最後はジャンピングフォックス、キツネさん魔獣さんです。飛び跳ねて進む、ウサギみたいな魔獣さんなんだ。この魔獣さんだけは、そもそもの生息数が少なくて珍しいみたい。毛皮がとっても上質で、かなり高額で売り買いされるらしくて、そのせいで乱獲《らんかく》されているのが問題になってるんだって。

それからスノーラが、どの森や林、洞窟から来たか確認します。

そして場所が分かったのは、穴モグラさんとジャンピングフォックスさんだけでした。

二人とも、ブラックホードさんが住んでいる森の、隣の森から連れてこられたって。ペガサスの子と一緒に運ばれてきたの。

モモッコルさんと羽ヘビさんは、どこから来たか分かりませんでした。

でも羽ヘビさんの話を聞いたスノーラが、僕達が前にいた森の近くに住んでいたって分かって。

完璧に分からないのはモモッコルさん。

「お前とお前は、ブラックホードと一緒に帰るといい。奴の森の方が安心できるというのであれば、そのまま森で住めるよう頼むから安心するがいい。羽ヘビ、お前は我の住んでいた森に行くか？我の代わりにカースという魔獣が森を守っているからな、お前も守ってくれるだろう」

もちろん家族がいるなら家族がいる森に帰って、そのまま暮らしてもいいし、守ってくれる魔獣さんがいる森の方がいいなら、移動したらいい。

あとはモモッコルさんをどうするか……

スノーラがステータスを見たら何か分かるかもって言って、ステータスボードを見てみます。

［名前］なし　　　　　　　［種族］モモッコル
［性別］男　　　　　　　　［年齢］三歳

【称号】＊＊＊
【レベル】2
【体力】20
【魔力】＊＊＊
【能力】氷魔法アイスボール　雷魔法サンダーボール　＊＊＊
レン、ルリ、スノーラと相性抜群《ばつぐん》　家族になることを勧める
【スキル】＊＊＊
【加護】＊＊＊

うん、何か書いてあるね。これってもしかして、伝言板の人？　そうだよね、それしかないよね。

スノーラの方を見たら、すんって顔をして前を見ていました。

モモッコルは初めてのステータスボードなのか、前足でちょいちょいと、不思議そうに触っていたよ。

「……はぁ、毎度毎度、伝言をしないと気が済まんのか？　まぁ、それについては後で考えよう。お前、家族は？　三歳ということは、もう家族から離れて生活をしていたか？」

え？　と思ったら、なんとモモッコルの親離れはだいたい三歳で、まだ小さな子供なのに一匹で生きていくんだって。

小さいって言っても、大きさは大人になっても今とほとんど変わらなくて、寿命《じゅみょう》は長くて、人間と同じくらい。

あっ、ちなみにこの世界の人の寿命は地球の人達よりも長くて、百五十歳くらい。

そんなに寿命が長いのに、たったの三歳で親離れなんて。

このモモッコルさんは、約二ヶ月前に親離れしたばかりで、森で一匹で頑張って生活していたら捕まっちゃったんだって。

「ならば暮らす場所は、どこでも問題はないのだな？」

『キュイ！』

今のは、そうだって言ったたってスノーラが教えてくれました。

「お前のことは落ち着いたら考えよう。ステータスボードの伝言のこともあるしな。他にも問題があるが……色々片付くまで我々と暮らすといい」

『キュイィ！』

そんな話をしていたら、ローレンスさん達が戻ってきました。

そしてその後すぐにまたバタンッ‼　って凄い音がしてギルドのドアが開いたんだ。

「息子よ‼」

『パパ？　パパ‼』

ギルドの中に入ってきたのはブラックホードさんでした。

ブラックホードさんは人の姿をしていたんだけど、変身を解きながらペガサスの子に駆け寄って、ペガサスの子も僕の横から走り出します。

『無事でよかった。どこも怪我はしていないな。具合が悪いところは？』

『大丈夫!!　パパ、ごめんなさい！　パパが気をつけろって言ってたのに』

『お前が無事に帰ってきてくれただけでいいんだ』

『パパ～!!』

ペガサスの子が泣き始めて、ブラックホードさんにすりすり。

ブラックホードさんは泣いてないけど、とっても嬉しそうに、すりすりしているペガサスの子に鼻ですりすり返した後、しっぽの毛を絡ませていました。

「まったく。迎えに行ったら、我を置いてここまで猛スピードで走ってきおって」

遅れてギルドに入ってきたドラゴンお父さん。

感動の再会をもう少し見てから、話が始まりました。

今までの経緯を軽く話した後、あの魔獣さん達が捕まっていた地下室に行くみたいです。

現場を今のうちに確認した方が、スノーラ達が何か見つける可能性もあるからね。魔法の痕跡《こんせき》は突入した時に消えちゃったみたいだけど、他に何か残っているかもしれないし。

捕まえた男達も、ブラックホードさんが後で確認するみたい。もしかしたら森で見かけたかもしれないんだって。

森には依頼を受けた冒険者さんや商人さん、その護衛《ごえい》の冒険者が来ます。その中にあの男の人達がいて、そういう仕事に紛れながら、ペガサスさん達を監視《かんし》していたかもだって。

そんな話が終わったところで、僕は先にお屋敷に戻ることに。

もうかなり時間が経っているからね。いい加減僕も眠くなってきました。さっきまではドキドキしていたから大丈夫だったんだけど。

魔獣さん達も、いったんお屋敷に来るみたい。後でさっきスノーラが話していたことを、みんなで相談だって。

魔獣姿になったスノーラとブラックホードさんが、お屋敷まで送ってくれることになりました。

それぞれ分かれて、スノーラ達に乗ったら、ビュッ!! っと飛んで戻った僕達。

屋敷の前に降りると、エイデンお兄ちゃんとセバスチャンさんがすぐに出てきました。

「そうか、じゃあ父さん達はまだ残ってるんだね。この子達のことは任せて」

『レン、非常事態だったとはいえ、いつもの寝る時間をとうに過ぎている。遊ばずに寝るんだぞ。それから……』

スノーラはいつもみたいに、色々僕に注意しながら、何回も僕達の方を振り向いて、でもお兄ちゃんとブラックホードさんに早くって言われて、やっと走っていったよ。

「さぁ、みんな。体を軽く拭《ふ》いて、それからあの部屋へ行こうか」

ルリとドラちゃんは、まったりするお部屋で、そのまま寝ているって。だから僕達もルリ達のいる部屋へ行くことにしました。

お風呂場まで行って、エイデンお兄ちゃんとメイドさん達が、綺麗に僕達を拭いてくれたよ。最初は怖がった子もいたんだけど、少し経つと完全ではないけど慣れてくれて、体を綺麗に拭いてもらっていました。

それからルリ達がいる部屋へ移動すると、ルリ達は僕が最後に見たまんま、ソファーでぐぅぐぅ寝てました。

人数分の籠が用意されていて、その中にはふかふかな大きなタオルが。

みんな好きな色のタオルの所に行って、足でちょいちょい、しっぽでちょいちょい、感触を確かめたあと中に入ります。

僕はもちろん、ルリ達の所に。それでルリを抱きしめるようにして寝ます。ルリはちょっと寝返りをした後、僕の手にすりすりして、そのままピタッと収まりました。

と、その時、籠に入ったはずのモモッコルさんが、いつの間にかこっちに歩いてきていて、何か僕に言っています。

『ききぃ、きききぃ』

「どちたの？」

小さい手を僕の方に伸ばしてきたよ。一緒に寝たいのかな？

エイデンお兄ちゃんもそれに気づいて、そっとソファーにモモッコルを乗せてくれました。そしたらモモッコルさん、僕の腕の隙間に入ってきて、満足そうにフンスッてやった後、すぐに寝始めました。

お兄ちゃんが毛布をかけてくれて、僕もみんなもすぐに寝たよ。みんなが無事で、本当によかったぁ。


次の日、僕と魔獣さん達は、お昼ご飯の時間ギリギリまで寝ていました。ずっと寝ていたはずのルリ達も、同じ時間に起きたけどね。

それで僕の腕の中で寝ていたモモッコルさんを見て、ルリがとっても怒っちゃって。

『レンと寝ていいのは、ボクとスノーラだけなんだよ！』

『ききぃ！　きゅきぃ!!』

『だってボク達は兄弟だもん、家族だもんね！』

『きゅっきぃー!!』

「ほら二人共、何喧嘩してるの。ダメだよ仲良くしなくちゃ、ほら離れて離れて。そうだ、お昼ご飯前に、自己紹介したらどうかな？」

睨み合いながら、僕の左右の肩に分かれて乗るルリとモモッコルさん。分かれて乗っているのに、首を伸ばしてお互いをなんとか見ながら、羽を動かしたりキックをしたり、パンチする格好をしたり。僕の肩でやめてよ。

ペガサスの子から自己紹介をして、最後はモモッコルさんだったんだけど、最後に面倒なことを言ったらしいモモッコルさん。

『きっきぃ、きゅいぃ!!　ききぃ、きゅっきぃ!!』

『本当に？　ボクはそんなの信じないもんね！』

そういう会話をした後、モモッコルさんがニッと笑って、また喧嘩をしそうになってね。

強制的にモモッコルはお兄ちゃんの方へ連れて行かれました。

僕にはモモッコルの言葉が分からなかったのに、ルリは分かるの？

そう聞いたら、何となく分かるって。魔獣同士だからかな？

それで、二人はこんな会話していたみたい。

『僕達は相性バッチリって、なんか変な板に書いてあったって、スノーラ言ってたなの！　だから一緒にいるなの！　これからずっと一緒にいるし、一緒に寝るもんねなの！』

そう話した後、ニヤッと笑ったって。

確かに書いてはあったけど……二人共、喧嘩するなら一緒に寝ないからね。

なんとか喧嘩を回避《かいひ》した僕達は、ご飯を食べに食堂へ行きます。

料理長さんが魔獣さんそれぞれに合ったご飯を作ってくれて、みんな美味しい美味しいって、何回もおかわりしていたよ。

捕まっていた時、一応ご飯はあったみたいなんだけど、一日に一回、しかも僕の手に収まるくらいの量の木の実だけ。だからとってもお腹が空いていたって。

本当に酷い奴らだよね！

ローレンスさん達の取り調べが終わったら、ちゃんと罰《ばつ》を受けてもらわなくちゃ。これだけ酷いことをしたんだから、魔獣さん達も納得する罰ね。

そういえば、スノーラ達もローレンスさん達も、まだ一度も帰ってきていないみたい。疲れてないかな？　大丈夫かな？　調べるのも大切だけど、疲れて体調を崩したら大変。せめてご飯を食べに来て、少し休憩《きゅうけい》できたらいいんだけどな。

ご飯を食べ終わったら、僕の部屋で遊ぶことになりました。みんなを僕とルリの秘密基地へご案内。みんな、面白いって喜んでいたよ。

でもそんな中、秘密基地の前で睨み合うルリとモモッコルさん。

二匹で同時に秘密基地に入ろうとしてぶつかって、それでも無理矢理入ろうとして、ルリ用の小さいドアに挟まって、前に進めなくなってね。

エイデンお兄ちゃんが注意しようとしたんだけど、たまたまその時セバスチャンさんに呼ばれちゃいました。

「レン、二匹を見ててね。喧嘩しそうになったら離してね」

そう言って、部屋から出て行きました。

といっても、ドアは開いていて、すぐそこから声が聞こえてくるから、ちょっとドアから離れた所でお話をしているみたい。

と、お兄ちゃんが外へ出てすぐでした。

挟まっていたルリ達を、なんとか引っ張り出してあげたら、二匹は僕の小さな椅子の方へ。

そしてお互い椅子に乗ったら、左右ギリギリの場所に立ったの。

その二匹の姿が、とってもキリッとしているような、邪魔しちゃいけないオーラを出しているっていうか。

僕もドラちゃんも、他の魔獣さん達も、じっと二匹を見つめちゃいました。

『ボクはレンの兄弟で家族。急に出てきて一緒にいるなんて、ボク、簡単には認めないからね』

『ききぃ、きゅきぃ！　ききぃき、ききぃー!!』

ルリの言葉しか分からなくて、何の話をしているか分からなかったけど。会話の後、シュッ!!とお互いが前に進んで、喧嘩が始まりました。

僕は慌てて止めようとしたんだけど、ドラちゃんがそうしない方がいいって。

さっきの会話ね、モモッコルさんは『僕だって、簡単に離れないもんなの。絶対に認めさせて、これから一緒にいるんだもんなの!!』って言っていたみたい。ドラちゃんも言葉が分かるんだね。

「今は二匹を見守ってた方がいいよ。それでしっかり決着をつけた方がスッキリして、それ以上喧嘩しなくなると思うし」

本当？　大丈夫？

ハラハラしながら見ているうちに、激しくなる戦い。

ルリがキックを入れれば、モモッコルさんもキックを入れます。小さい足なのにちゃんとキックができているの。しかもシュシュシュッ!!　って。スノーラが攻撃する時みたいに、見えなくなることはなかったけど、それでも素早く動かして。

何だろう。漫画《まんが》とかで早く体を動かすようなシーンで、残像を描くでしょう？　それと同じ感じに見えるんだ。

キックが終われば今度はパンチです。ルリは羽を動かして、モモッコルさんはまたまた小さい手を動かして、相変わらず凄いスピードで攻撃です。

それを見た羽ヘビさん達が拍手していました。僕も思わず拍手。

すると一瞬、二匹は離れました。

最初みたいに左右に分かれて、睨み合ったままだけど、完全に動きが止まりました。

ドラちゃんが「次で最後の攻撃かも」って。それを聞いた僕達は、拍手をやめてじっと二匹を見つめます。

しんっと部屋の中が静まりました。そして……

ドキドキする中、キックの格好のまま、思いっきり飛ぶ二匹。

そのまますれちがって、今度はさっきまで自分達がいた場所と交代するように、お互いが反対側に着地。

何かとってもカッコいい着地していたよ。こう、ヒーローが敵にとどめを刺して、着地した時のポーズみたいな。

またまた部屋の中が静まり返ります。

すっと立ち上がるルリ達。そしてお互い近寄ると、頷きながら握手（ルリは羽だけど）しました。

その後は肩を組む格好をして、二匹でふんすって。

結局どうなったの？

「これはお互いを認め合ったってことだよ。お互いの力を認め合ったの。もう今までみたいな喧嘩はしないと思うよ。家族として、兄弟としての喧嘩はするかもしれないけど」

そうドラちゃんが教えてくれました。

最後の攻撃は、お互い蹴りを交わして着地したみたいです。僕には速すぎて、蹴りの格好したまま、通り過ぎたようにしか見えなかったんだけどね。ちゃんと蹴りを入れてたんだって。

その時エイデンお兄ちゃんが部屋に戻ってきました。そしてルリ達を見てビックリ。

「え？　何があったの？　何で二匹で肩組んでるの？　微妙にちゃんと組めてはいないけど」

ドラちゃんがお兄ちゃんに話してくれたよ。

お兄ちゃんは話を聞いて、僕がいない所で、勝手に決闘を始めないでよって、口ではちょっと怒っていたけど、顔はニコニコでした。

それから後でその決闘、再現して見せてくれない？　って。

仲良くなったルリ達に、僕もドラちゃんも、それに他の魔獣さん達も安心して、また秘密基地に入ろうとします。

でもね、ルリ専用だったドアから、また一緒のタイミングで中に入ろうとしたルリ達、さっきみたいに詰まっちゃって。で、これでまた喧嘩に。

僕の椅子に戻って、また決闘を始めちゃいました。

今、認め合ったんじゃなかったの？　何ですぐに揉めるのさ。

さっきみたいに蹴りを入れたり、パンチを入れたり。エイデンお兄ちゃんは凄いって言って、何か色々メモっていました。お兄ちゃん、見れてよかったね。

結局勝負がつかなかったから、仕方なくモモッコルさんには我慢してもらって、先にルリが秘密基地に。一応、ルリ専用のドアだからね。

そんなこんなで、とっても楽しく過ごしていると、夕方になってやっとスノーラとブラックホードさんが帰ってきました。ローレンスさん達はもう少しかかるみたいだけど。

帰ってきたスノーラ達はすぐに、魔獣さん達のこれからを話し合い始めました。

「もし君達が私の森でいいというのなら、私が責任を持って森まで連れて行くし、これからのことも考えよう」

「もちろん元の森がいいのならば、そちらは我が連れて行こう。我が住んでいた森がいいのであれば、カースに後のことをしっかり任せるから、そのことについても安心していい」

元々、ペガサスさんとか僕達の住んでいるところの近くの森にいた子達だもんね。

話を聞いて考え始めた魔獣さん達。

と、羽ヘビさんが僕に、僕達はずっとこの街にいるのって聞いてきました。

僕はスノーラを見ます。僕の代わりに答えるスノーラ。

「今のところはな」

だって。まだスノーラは完璧に街に残るか決めてないみたいです。

そしたら羽ヘビさんは、もし僕達がここにいるなら、ブラックホードさん達が住んでいる森に行きたいって言いました。

羽ヘビさんももう家族とは離れて生活していて、今一匹なの。だからもし僕達がここにいるなら、近い森にいた方が遊びに来られるかなってことみたい。

普段は森にいて、時々僕達と遊びたいらしいです。羽ヘビさん飛べるからね。

でも、一つ問題があります。

羽ヘビさん、珍しい羽ヘビさんだから、また悪い人達に見つかって捕まっちゃったら大変だよね。

「ならばやはり私の所に来るか。そうすれば時々私がここへ連れてきてやろう。私も息子を連れてくるからな。その時一緒に来ればいい」

そうブラックホードさんが言うと、パッと明るい顔になる羽ヘビさん。

そしてそれを聞いたジャンピングフォックスさんと穴モグラさんもそれがいいって。でも二匹には家族がいるから元の森に戻って、ペガサスの子が遊びに行く時に迎えに来てくれないか、ブラックホードさんにお願いをしました。

「分かった、ではそうしよう。帰る日だが……もしかしたらまだ聞きたいことが出るかもしれないとローレンスに言われたからな。二日後になる予定だ」

みんなニッコリ、あとは……

みんながブラックホードさんとワイワイしている間に、僕とルリ、スノーラはモモッコルさんを見ます。

さっきから何も話さないモモッコルさんは、僕の腕にぺったりとくっ付いていて、それで顔を洋服に埋めているの。

「お前はどうしたい？　暮らしていた森に帰りたいのなら、我がなんとか探してみるが」

『…………』

「はぁ。いいか、こういう時は、しっかりとお前の気持ちを伝えるのだ。それでもしお前の気持ちと違う結果になったとしても、それは仕方がないことだ。しかし、何も言わなければ、本当なら叶《かな》っていたかもしれない願いも叶わないぞ？」

『…………』

「確かに何も言わない方がいい時もある。が、今は言うべきだ。難しいかもしれないが。今お前が言いたいことは分かっている。そしてきっとお前の願いは叶うぞ」

スノーラにそう言われて、モモッコルさんがそっと顔を上げました。

それからするるるって僕の腕から滑り降りたかと思ったら、そのまま上手に足も滑り降りて、僕達の前に立ったよ。

『ききぃ、ききゅう』

『うんうん、それで？』

ちょっと、ルリだけ話さないで。しかも何となく分かるだけなんでしょう？　スノーラも頷いてないで、ちゃんと何て言っているか僕に教えて。

スノーラの洋服を引っ張って、何を話しているか教えてもらいます。

モモッコルさんは今までのこととか、色々話してくれてたみたい。

捕まえる前、一生懸命自分で作った家で生活を始めて、それで周りにも友達ができて。でも家を作ってからすぐに、あの悪い人達に捕まっちゃったんだって。

それからは毎日痛くて苦しくて、お腹も空いて、とっても怖くて、ペガサスの子達と励まし合って過ごしていました。

でもある時から、時々だけど、あの捕まっていた場所の空気がよくなることがありました。

理由は分からなかったけど、その時だけはとっても落ち着くことができたみたいです。

それから数日後、とっても空気がよくなったと思ったら、僕達が助けに来たんだって。それで外へ出た時に僕を見て、すぐに気がついたらしいです。

空気がよくなったのは、僕のおかげだったたってことに。

スノーラもドラゴンお父さんも、僕の魔力が流れ出てて、それで変な気配が薄くなってるって話していたよね。もしかしてそれのことかな？

それでね、モモッコルさん。

出会った瞬間から僕と一緒にいたい、このまま家族になりたいって、そう思ってくれたみたい。だから移動の時もそれ以外も、僕から離れることはありませんでした。

そんな時にステータスボードを初めて見て、しかも相性バッチリだって分かって、さらに僕といたくなったたって。

でもお屋敷に来てルリと出会った瞬間、認められないと、って瞬時に感じたそうです。

まずは自分の存在をアピールするために、ルリと同じように寝てみたり、秘密基地に入る時も負けないぞって競ってみたり……そしてお互いを認め合ったルリとモモッコルさん。

これで完全に心は決まったみたいです。

絶対に家族になるって、兄弟になるって。

いっぱいお話をしてくれたモモッコルさんが、キリッとした可愛い表情に。僕達もピシッと立ちます。

『ききぃ！　ききゅう!!』

「僕と家族になってほしい、お願いしますと言っているな」

ブンとお辞儀《じぎ》をするモモッコルさん。

でも、そんなに心配しなくても大丈夫なのに。僕だって会った時からルリやスノーラの時と同じ、一緒にいれたらいいのにって思っていたよ。

僕はルリの方を見て頷きます。すぐにルリも頷いてくれたよ。

確認した僕は次にスノーラを見て、スノーラは「早く言ってやれ」って。

僕が代表で言っていいの？　それなら！

「かじょく、にゃる!!　こりぇかりゃ、いっちょ!!」

バッ!!　と顔を上げたモモッコルさん。

最初はちょっとだけボケッとしていたけど、すぐにとってもニコニコになって、それから泣き始めたんだ。頑張ってたくさん話してくれたし、お願いしてくれたもんね。

僕はモモッコルさんを抱きしめます。ルリも僕の手の所に降りてきて、羽でモモッコルさんの肩をポンポンって。スノーラは頭を撫でたよ。

家族になることが決まったら、さっそく契約だよね。いつも通りの契約で大丈夫かな？

スノーラに確認していたら、ドラゴンお父さんが何だその契約の仕方はって、笑い始めました。

ブラックホードさんも、いつもはあんまり変わらない表情が驚きの表情に。

ほら、やっぱりあの契約おかしいいんじゃない？

「大丈夫だ、今までちゃんとできたのだからな。いつも通りの契約にするぞ」

じと目でスノーラを見る僕とルリ達。そんな僕達を気にしないで、スノーラは契約の準備を始めました。僕の魔力を引き出してくれて、周りは僕達から離れて。

「さぁ、これで大丈夫だろう」

そう言ってスノーラも僕とモモッコルから離れます。そして――

「ももっこりゅ、けいやくちて！」

『ききぃ!!』

その瞬間、いつも通りの変化が起きました。

そして目の前に現れたモモッコルさんは、毛並みがさらにキラキラ、ツヤツヤになっていました。しかも首の周りの毛が伸びて、もふもふモコモコの首輪をしているみたいになっていたよ。

「よし、しっかり契約ができたようだな」

それを聞いて僕達は拍手した後、僕はもう一回モモッコルさんを抱きしめて、ルリは……ルリとモモッコルさんはまたアレを始めちゃいました。

そう、あの決闘《けっとう》ね。まぁ今回は挨拶的な感じだけど、何か二匹ともスピード上がってない？

そろそろいいかな？　僕、モモッコルさんとお話できるようになったか知りたいんだけど。

嬉しくて抱きしめた後、声を聞く前にすぐに戦いを始めちゃったからね。

「まじゃ、きめりゅことありゅ。もどってきちぇ」

『まだある？』

ルリがそう首を傾げるけど、あるよ。名前決めてないでしょう？

それを言ったら二匹はハッ！　とした顔をして、急いで僕の所に戻ってきました。

他の魔獣さん達も集まってきて、どんな名前にするのか興味津々って感じです。

でも、その前に――

「おはなち、ちてみちぇ」

それにもハッ！　とするとモモッコルさん。

『僕のお話、分かるなの？』

おお！　分かる!!　ちゃんと何言っているか分かるよ！

それを伝えると、とってもニッコリになるモモッコルさん。お話までできるとは思ってなかったみたいです。

『レン、契約してくれてありがとうなの』

「えちょ、ももっこりゅ、にいちゃ！」

そう。ステータスボードを見た限り、モモッコルさんは僕とルリより年上、だからお兄ちゃん。

それを聞いたモモッコルはもっとニコニコになって、お兄ちゃん、お兄ちゃんなのって言いながら、僕達の周りを走り回りました。

『お兄ちゃん、僕お兄ちゃんなんだもんなの！』

フッとルリを見て笑うモモッコルさん。それを見たルリがちょっとムッとした顔をした後、また戦いを始めようとしたから、慌ててそれを止めます。

「まだだめ、ちゅぎは、おにゃまえ！」

ジリジリ、お互いを見ながら僕の両側に離れて座るルリ達。

さて、なんて名前がいいかな？

僕はモモッコルさんに聞いてみます。だってもし自分が付けたい名前があれば、それにする方がいいでしょう？

考えるモモッコルさん。

『う〜ん、なの……あっ！　なの!!』

少ししてパッ！　と明るい顔になったモモッコルさん。

この街に連れてこられる前に、一度だけ人間を見たことがあるらしいんだけど、その時の人間が別の人間に発した言葉、それがとってもカッコよく感じたみたいです。

「どんにゃにょ？」

『ロドリゲスなの!!』

一瞬で周りがしんっとなりました。いつの間にか話し合いをしていたスノーラ達も会話が止まっちゃったよ。

ふんっ！　と胸を張るモモッコル。

ん？　ちょっと待って。今なんて言ったの？　ロドリゲス、ロドリゲスって言った⁉　小さくてもふもふモコモコで、こんなに可愛い顔しているのに、ロドリゲス⁉　だ、だめ、似合わないよ。他に何かない？

僕、慌てちゃったよ。

他のみんなも微妙な顔しているし、話し合っていたスノーラもこっちに来て、それはちょっとダメだって、僕達を代表して言ってくれました。みんなもウンウンって。ドラゴンお父さんなんて笑いそうになっているよ。

「お前が格好いい名前を付けたいのは分かったが、他にいい名前があるはずだ、皆で考えろ」

『ダメなの？　残念なの。レン、格好いい名前がいいなの‼』

よかった、すぐに納得してくれて。よし、カッコいい名前だね。

でもカッコいい名前かぁ。ルリの時は色からそのまま考えたからなぁ。

あっ、そういえばステータスボードの能力の所、表示されていないものもあったけど、アイスボールとサンダーボールって表示されていたよね。

僕はモモッコルさんに、得意な魔法はどっち？　って聞いてみました。

そうしたらサンダーボールよりもアイスボードの方が威力が強くて好きって。

そっかぁ、ならアイスはどうかな？　カッコいいと思うんだけど。

「あいしゅ、ど？」

『あいしゅ？』

「アイスだ。お前のアイスボールから考えたようだ」

『僕の得意な魔法……アイス……』

ドキドキしながら待ちます。少しして明るい顔になったモモッコルさん。

『うん、アイス、カッコいいなの！　僕アイスなの!!』

名前が決定しました。モモッコルのアイスです。

こうして名前や、色々なことが決まった夜。

仕事から帰ってきたローレンスさん達に、どうして契約するのを待ってくれなかったんだって言われたよ。契約するところを見たかったみたい。

それからその日の夜は、ダイルさんとスレイブさんがお屋敷に来ました。みんなに確認してもらいたいものがあるんだって。

実はあの捕まった人達以外にも、今回の事件に関わっている人が、あと十人くらいいるみたいです。

ダイルさん達はたくさん紙を持ってきていて、その紙には指名手配されている人達の似顔絵が描かれていました。この中に攫った人達がいないか見てほしいって言ってました。

ギルドに集まっている全部の指名手配されている人達の似顔絵を見るのは大変。でもこれだけの事件を起こせるのは、その辺のチンピラじゃ無理だから、スレイブさんが仕分けして、関係があるかもしれない指名手配書だけ持ってきてくれたの。

それでもかなりの量があるからね。みんな手分けして紙を見ていたよ。

でも結局、指名手配書の中には、魔獣さん達が見た人達はいませんでした。


それから次の日も、他にも色々と聞かれた魔獣さん達。でも、これといって犯人に繋がるような情報はなくて。

ローレンスさん達は、スノーラ達でさえ分からない、特殊な力を持った者達が現れたか、あるいは大きな力が働いているかもしれないって話していたよ。

大きな力っていうのも、実は根拠があります。

魔獣さん達から聞いた話だけど、みんなを攫った人達に、これから誰が来るから用意をしろとかなんとか、命令しに来た人達がいたんだって。

ローブを着て、すっぽりと帽子をかぶっていたから顔は見えなかったみたい。

でもジャンピングフォックスさんは、その人のローブは他のと何か違うって思ったみたい。他の魔獣さん達も、確かに何かいい感じだったよねって。

いい感じ？　何のこと？　って思っていたら、スノーラがローレンスさんの洋服と、街で冒険者がよく着ている洋服を持ってこいって言いました。すぐに用意してくれるアンジェさん。

それをスノーラに見せられて、魔獣さん達はじっと両方の洋服を観察して……少ししてみんなが頷きました。魔獣さん達、いい洋服と普通の洋服の違いが分かるみたい。

「あのボロの家の地下に閉じ込められていたのに、急に質の違うものが来て、違和感で気がついたんだろう」

そう言うスノーラ。

それを聞いてローレンスさん達は、そういうことにいくらでもお金が使える、権力者が関係しているんじゃないかって考えたみたい。大きな力が関係しているかもっていうのはそういうこと。

そういう人が絡むと、領主のローレンスさんでも調べるのが難しくなるんだって。

でも魔獣さん達を、ルリとアイスを苦しめたんだから、絶対罰を受けてもらわなくちゃね。

と、ここまで話がまとまると、魔獣さん達にはもうほとんど聞くことがなくなって、予定通り明日にはみんな森へ帰ることになりました。

でもみんなが行くのはペガサスさんの森かその隣の森だから、みんなすぐ遊べるから寂しくないもんね。

といっても、さようならなのは変わらないから、今日の夜はパーティーをすることに。

そう、この前みたいにお外でご飯を食べるの。

嫌な思い出ばっかりじゃダメ、フィオーナさんが楽しい思い出に、お外でパーティーしましょうって。

夕方になったので、僕達はお外に出ました。使用人さんメイドさん、料理人さんのお手伝いだよ。

みんなのコップを一つずつ運んだり、ナプキンを並べたり。それから料理のお手伝いもしました。危ないから、大人の人やお兄ちゃん達と一緒にね。

今日はお肉を串に刺して焼くんだ。だから串にお肉を刺すお手伝い。

魔獣さん達には自分達のを作ってもらったんだけど……流石、小さくても魔獣さんだなって思うくらい、お肉が大きかったよ。

羽ヘビさんなんて、あんなに細い体なのに、僕の頭くらいのお肉を特製の串に刺していました。焼けるのかな？　それに食べたらお腹がはち切れるんじゃ？

準備が終わった頃にはいい時間になっていたので、焚き火を囲んでパーティー開始です。

焚き火の周りに串を刺して、焚き火の上にも木の棒をかけて、そこからお鍋をぶら下げます。中身はクリームシチューみたいなものだったよ。

それから今日は、大人数だからもう一つ、魔獣さん達用に焚き火が用意してあります。

でもパーティーが始まってしばらくしたら、急に隣の焚き火の方が騒がしくなりました。

僕は急いでそっちを見ます。そうしたら小さな焚き火だったはずなのに、火がボウボウに。どうしたのかと思ったら、ドラゴンお父さんが火を追加したみたい。魔獣さん達のお肉が大きいから、早く焼けるようにって。

ローレンスさんが慌てて駆けていくと、ドラゴンお父さんはふんと鼻を鳴らします。

「そんなに慌てるな、ちゃんと結界は張ってある。火事を起こすわけがないだろう。それにこれくらいしなければ肉が焼けん」

「確かにそうだろうが、やる時にはひと言言ってくれ」

ブツブツ言いながら、こっちに戻ってくるローレンスさん。

その後、ドラゴンお父さんはさらにもう少し火を強くして、またローレンスさんに怒られていました。魔獣さん達やルリ達、僕は盛り上がっていたけどね。

そんなこんなで、みんなのお肉の串が焼けたら、全員揃っていただきます。

今日のお肉はドラゴンお父さんがどこかの森で狩ってきてくれた、大きな鳥？　みたいな魔獣のお肉です。鶏肉《とりにく》そっくりで、とっても美味しかったよ。

もちろんクリームスープもとっても美味しかったです。パンをスープに付けて食べたんだ。

ご飯が終わったら、もちろんお菓子も焼きます。

魔獣さん達はとっても喜んで、こんなに甘くて美味しいの初めてって。マシュマロ持って帰りたいって言っていました。

そんなわけで、パーティーは大成功！

スノーラが魔獣さん達に、まだ人が嫌いかって聞いたら、僕やローレンスさん達、お屋敷にいる人達は好きだって。それからスチュアートさんやダイルさん達も。

ただダイルさんはうるさいからちょっとだけ嫌い、ぐいぐいくる圧みたいなのも嫌だって。暑苦しいって言っていました。

次の日。朝ご飯を食べてから、魔獣さん達はみんなで僕の部屋に来ました。

外で変身はダメだからね、途中まではスノーラに乗って、森の入口まで行くんだ。

「さぁ、行くぞ」

ブラックホードさんが、みんなを抱えてスノーラに乗ります。みんな一匹ずつ、さようならのご挨拶。

あっ、そうそう、魔獣さん達は、マシュマロの入っている袋もしっかり持っています。特別な袋で、放っておくと土に還《かえ》る袋だから、森に持って行っても大丈夫なんだって。

「バイバイ!!」

最後に僕が大きな声でバイバイをしたら、シュッ!! ってスノーラが消えました。

みんなバイバイ、また遊ぼうね!!

第4章　魔法陣の攻撃と魔法陣の消し方

数日後、ローレンスさん達の、地下室の調査は一応終了。

地下室があった家は、完璧に壊すことになりました。ただ、地下室と家は調べ終わったけど、まだまだやることはいっぱいだから、ローレンスさん達は毎日忙しそうです。

そして今日、僕達は街から見える一番近い森まで、スノーラとお兄ちゃん達と一緒に、とある依頼をしに来ました。

今日は冒険者ギルドと商業ギルド合同で行われる、野外活動の日なんだ。

ギルドマスター、副ギルドマスター、それから十数人の冒険者さん達が、自分の子供達を連れてきています。街の中や壁のすぐ外じゃなくて、森の中で色々なことを体験したり、勉強したりする日だから、勉強会とも言われてるんだって。

主催はローレンスさんです。いつも仕事で一緒にいられない家族が、少しでも何か楽しめることができないかって、かなり前からやっているみたい。エイデンお兄ちゃん達も、小さい頃参加したんだって。

昨日、この話を聞いた僕達は、久しぶりに森に行けるのと、本当の冒険みたいだって大喜び。喜んで踊《おど》っていたら、みんなに笑われちゃったよ。

「いいか、今日は二つの依頼をやってもらうぞ!!」

目的の場所に着いたら、ダイルさんが最初に話し始めて、その横にスレイブさんが依頼書を広げて立ちます。

そこにはギザギザの青色の花と、クルクルしている草の絵が描いてありました。

「どっちも六本ずつ見つけてね。そして全部見つかったら僕達の所へ持ってきて」

今話したのは商業ギルドのギルドマスターのニールズさん。そしてその隣にいるのが副ギルドマスターのメイルさんです。メイルさんはウサギの獣人さんだよ。

ダイルさんは大きな大きな剣を背中に担《かつ》いでいました。それから小さな剣も腰に付けていて、いかにも冒険者って感じです。

スレイブさんはいつもと変わらない格好。剣も何も持っていませんでした。何も持ってなくて大丈夫なのかな？　って思って、お兄ちゃんに聞いてみたら、魔法を使うから武器は持たないんだって。でもナイフとかは服のどこかに入れているみたいです。

ニールズさんとメイルさんは商人って感じの服装で、それに剣を持っているの。何か変な感じだったよ。

「分からないこと、聞きたいことがあったらどんどん聞いてこい――よし、始めるぞ!!」

僕はさっそく、お兄ちゃん達と手を繋ぎながら森に入っていきます。

その時に周りを見てたんだけど、なんと冒険者さん達の中に、前にギルドで見かけた上半身裸《はだか》の大きい男の人と、その仲間の人達がいました。

森に入っていく子達がみんな、上半身裸の男の人をボケッと見ながら通り過ぎています。

ちょっとビックリしているみたい。この世界に住んでいる子達でも、やっぱりあの男の人は珍しいのかな？

それから少し進んで、他の参加者からちょっとだけ離れた僕達。

「レン、ルリ。森に住んでいた時みたいに、勝手にどこかに行くんじゃないぞ。アイスも勝手にレン達から離れるな」

「うん!!」

『どこにも行かない！　お約束！』

『フラフラしないの！』

「よし。では行ってくる」

スノーラがシュッ！　と消えます。

それからすぐに僕達は、みんながいる場所に戻りました。

よし、今日も頑張って花と草を探すぞ!!

少ししてスレイブさんが、調子はどうか見に来てくれました。

今のところはいい感じだと思うんだけど……えと、花が三本に草が二本だね。

それを見せたら、僕達が一番見つけているって教えてくれたよ。

やったね！　この調子で探さなくちゃ。

と、考えている時でした。

向こうの方から、大きな笑い声と、それから一瞬遅れて子供の笑い声が聞こえてきました。

見たら、あの上半身裸の男の人と、何人かの子が笑っていたよ。

「はじゃか」

『洋服着ない？』

『いつも裸？　なの』

「ふふ、彼は暑くても寒くても、いつもあの格好ですよ。でもその方が彼は本当によく動けますからね。彼の名はドッグ、A級冒険者です。とっても強いということです」

何ですと!?　A級冒険者って言った？　女の人に怒られていたあの人が？

「彼のチームもとても強いのですよ。後で何かあれば聞いてみるといいです。彼は何でも教えてくれますから。それでは依頼、頑張ってくださいね」

そう言ってニコニコしながら、スレイブさんは去っていきました。僕達はドッグさんを見つめたまま。

言われた通り後でお話ししてみようかな？　僕、ドッグさんが持っている、あの大きな剣が気になっていたんだ。近くで見てみたいの。でも、もうちょっと依頼頑張ってからがいいかな。

気を取り直して、依頼に戻って、どんどん花と草を見つける僕達。

たくさん頑張ったおかげで、なんと一番に依頼を終わらせることができました。ダイルさん達がとっても褒めてくれたよ。

依頼が終わった僕達は、終了時間まで自由行動していいことになりました。

すぐにドッグさんの所に行こうと思ったんだけど、別の子がお話をしていて、他にも待っている子がいました。依頼のお花について聞いてるみたい。

だから後でお話ししに行くことにして、もう少しだけ森の奥に行くことにしました。

僕達の遊びで使う面白い石とか、キラキラしているものとか探すの。見つけたものは、お兄ちゃんが持ってきてくれた袋の中に入れていきます。

どのくらい経ったかな。袋半分くらいに色々見つけた僕達は、そろそろドッグさんと話せるかもしれないから、一度戻ることに。

みんなのいる場所に向かって歩き始めたんだけど……その瞬間、僕はバッ‼　と後ろを振り返りました。

何この感覚⁉　怖いような、気持ち悪いような、禍々《まがまが》しいような。そんな変な感覚が、森の奥の方からブワッて急に溢れてきました。

これ、絶対に悪いものだよ。僕、これに似てるの知ってる。

ルリが捕まった魔法陣。あの感覚に似ているんだ。

僕はレオナルドお兄ちゃんの洋服をギュッと掴みました。お兄ちゃん達が僕のおかしな様子に気づいて、どうしたのか聞いてきます。

「レン、どうしたの？」

「また声でも聞こえたか？」

なんて説明すればいいんだろう？　気持ち悪い感じがする、で分かってくれるかな。

そう考えている間にも、悪い感じがもっと溢れてきて、僕はちょっとだけ泣いちゃったよ。

「レン、本当にどうし……」

その時でした。僕達の後ろからドヤドヤ、ガサガサ、誰かが歩いてきました。見たらドッグさん達だったよ。

ドッグさんを追って、慌てて仲間の人達が付いてきた感じ。女の人が勝手に行かないでって怒っています。

でも僕達のことを見ると静かになって、それから優しい顔をしてこんにちはって挨拶ってしてくれたよ。でも僕、今それどころじゃなくて、挨拶できなくてごめんね。

「何だ？　どうしたんだボウズ。こんなところで泣いたりして」

怖い顔をしていたドッグさんが、僕を見てすぐニコニコ笑顔になって、僕の頭をぐりぐり撫でてきました。

僕は泣いているし、頭がグイングインってなって。これじゃあ答えられないよ。

僕が何も言わないから、ドッグさんはお兄ちゃん達に聞きました。

「どうしたんだ？」

「急に何かに怖がり始めて」

「急に？」

「ああ、急に振り返って怖がり始めたんだ」

ドッグさんは何かを考えた後、仲間の男の人に何かを話して、その男の人が元来た方に走って戻って行きます。そしてすぐに、ダイルさんとスレイブさんを連れて戻ってきました。

「おう、ドッグ、急に呼んで何かあったのか？」

「このボウズ、何かを怖がっているらしい。もしかしたら俺が感じている、何かに関係があるかもしれん」

ドッグさんの話を聞きながら、今度はギュッとエイデンお兄ちゃんに抱きつく僕。エイデンお兄ちゃんはしっかり僕を抱っこしてくれたよ。

なんでもドッグさんは、子供の相手が一段落して、今度は自由に森を探索する子達の相手をしようとしたところで、突然、何かよくない感覚がしたらしいです。

それが何なのか、ドッグさんにも分からなかったみたいだけど、このままだと、みんなに悪影響《あくえいきょう》が出るんじゃないかって考えて。

原因を確認しようと、そのよくないものを感じた方向へ歩いてきたら、そこに僕達がいたんだって。それで僕が急に怖がり出したって聞いて、これはやっぱり何かあるって思ったみたい。

「よくないもの、か。もしかしてアレに関係しているのか？」

ダイルさんとスレイブさんが二人でお話をしてから、それからレオナルドお兄ちゃん達を呼びました。僕は抱っこされたまま一緒に付いていったよ。

みんなが揃ったところ、ダイルさん達は、もしかしたら今みんなが調べている魔法陣や、スノーラ達が感じている変な気配に関係しているんじゃないかって言いました。

確かにあの魔法陣みたいな感じがするからね。

「レン、何が怖いのかお話しできる？」

「えちょ、りゅりといちょ。ブワッちぇ」

『ルリと一緒？　あの魔法陣と同じ？』

「うん。りゅりといちょ。りゅりあぶにゃい、あいしゅもかばんはいっちぇ」

僕がそう言ったら、すぐにルリがカバンに入ったよ。それからちょっと狭くなっちゃうけど、アイスも入りました。

だってまた呪《のろ》われて捕まっちゃったら大変。カバンに入ったルリ達を、しっかりとカバンごと抱きしめます。

ダイルさんは僕の事情を知っているので、すぐに納得して頷きました。

「ルリと一緒っていうことは、やっぱりその魔法陣がここにあるのか……これは調べた方がいいな。エイデン達はレンを連れてさっきの場所に戻って待ってろ。それでスノーラが戻ってきたら、何があったか伝えてくれ」

「分かりました」

お兄ちゃんに連れられて、僕は戻ることになりました。

それでダイルさん達は、ドッグさんにその変なものを感じた方に案内してもらおうとしたんだけど……ドッグさん、あの変なものを急に感じなくなっちゃったんだ。どうも僕みたいにしっかりと、あの感覚が分かっていたわけじゃなかったみたい。

僕以外に、誰も嫌な気配を感じていなくて、これからどうするかで、また止まっちゃいました。

ドッグさん達は周囲を確認。その間に、お兄ちゃんとダイルさん達はまたコソコソお話をしています。

スノーラもこの悪いものに気がついていないかもって。森の時は気がつかなかったもんね。もしかしたら気づいていて、もう現場に向かってるかもしれないけど。

でも話していてもしょうがないので、とりあえず動くことにしたみたいです。

「とりあえず、俺とドッグ達とで進んでおく。スレイブ、スノーラが戻ってきたら、お前は事情を説明して一緒に来い。その時に、スノーラに絶対魔獣の姿になるなと言っておけ」

「分かりました」

「よし。ドッグ、行くぞ！」

ダイルさん達が奥にどんどん入っていって、僕達はニールズさん達がいる場所へと戻ります。

スノーラが帰ってくるのを待っているうちに、帰る予定だった時間になりました。

でもその間、ずっとあの悪いものの感覚は消えなくて、最初よりは弱まっているけど、それでもまだまだ強いままです。

スレイブさんがニールズさん達にお話をして、ニールズさんや他の冒険者さん達とその家族は、先に帰ることになりました。

本当は僕も帰った方がいいって話が出たんだけど、僕がスノーラが帰ってくるまで待つって言ったんだ。それにルリ達もね。だって待っている約束だもん。

いつでも応援に駆けつけられるように、特別な鉱石がちゃんと発動するか確認してから、ニールズさん達は街に戻って行きました。

鉱石って言うのは、この前お屋敷で、セバスチャンさんが持っていた石がブルブル震えたでしょう。アレと同じ。

でも大きさは今回の方が大きいです。魔力を流すと石が震えて、近くにある同じ石に、伝わるようになっているから、緊急の時はそれで連絡を取るんだって。大きさによって届く範囲が違って、お屋敷やお庭くらいだったら、セバスチャンさんがこの前持っていた石で十分。街からこの辺の森くらいだと、大きい石が必要なんだ。

でも一つの石をブルブルさせたら、みんな反応しちゃって大変じゃないかな？

そう思ったんだけど、一つの鉱石を何個にも割って、その割ったものを使うって教えてもらいました。同じ鉱石じゃないと反応しないの。

お屋敷はお屋敷で用意しているし、街は街で用意しているから、問題ないんだ。他にはギルドとか、騎士さん達とか、何かあった時に動く人達に、それぞれ持たせているみたい。けっこう高いものので、一般の人達はあんまり持ってないんだって。

「それにしても、レン達が感じた変なものって何なのかな？」

「なぜドッグが気づいて、マスターや私が気づかないのか。そこも不思議ですね」

首を傾げているエイデンお兄ちゃんとスレイブさん。

早くこの変なの消えないかな。

もう泣き止んだ僕だけど、さっきよりもしっかり、ルリ達の入っているカバンを抱きしめています。

もしルリ達を捕まえようとした人達が、また魔法陣を使って、魔獣さんを捕まえようとしていたら？

そう考えたらイライラしてきちゃった。今は怖いよりも怒っているんだ。

「何だ？　我が帰ってくるのが遅かったのか？」

急に後ろからスノーラの声が聞こえてビックリして、ちょっとぴょんって跳ねちゃった。

でもすぐにスノーラの方へ走っていって抱きつきました。

横を見ると、スノーラの横にはブラックホードさんがいました。途中で合流したんだって。

スノーラがスレイブさんに軽くブラックホードさんを紹介して、それからすぐにエイデンお兄ちゃんが今までのことをお話ししてくれます。

やっぱりスノーラは変なものを感じていませんでした。ブラックホードさんも。

ここに戻ってくるまで、何も感じなかったし、何も見なかったって。ダイルさん達が森の奥に入って行ったのはちゃんと気づいていたけどね。

「私はすぐにその方角へ行く。スノーラ、お前はどうする？」

ブラックホードさんが人間の姿からペガサスさんの姿に変身するのを、慌てて止めるスレイブさん。ダイルさんに変身させないように言われていたもんね。

でもスノーラは誰の気配もないからいいだろうって。

それでもダメだよ。もしかしたらスノーラが変な気配に気づかなかったみたいに、悪い人も気配を隠しているかもしれないでしょう？

僕はスノーラを連れて大きな木の陰に行きました。ここなら全体的に隠れるから大丈夫だと思うんだけど。すぐにスノーラが魔獣姿に変身します。

ため息をついているスレイブさんのところに戻ると、スノーラが聞いてきます。

『レン、方角はどっちだ？』

「あち！　しゅのー、ぼくもいく！」

『ダメだ、危険すぎる。お前は屋敷に戻っていろ』

僕はスノーラを一生懸命説得します。

向こうの森でルリもスノーラも、カースも気がつかなかった魔法陣。ここでも同じだったら？

僕が一緒に行った方が見つかるかもしれないよ。まだ魔法陣って決まったわけじゃないけどさ。

僕の説得に黙っちゃったスノーラ。

先に話したのはブラックホードさんでした。本当ならスノーラの言う通り、僕は帰った方がいいって。でも僕の言っていることも正しいって。

『私達が見つけられず、ウロウロしている間に何があるか分からない。早く見つけてさっさと消した方がいいだろう』

『確かにそうだが……仕方ない。レン、一緒に行くぞ』

僕は手をグーにして上げて、よし！　のポーズ。それから伏せをしてくれたスノーラに乗っかります。

そうしたら僕達を見ていたお兄ちゃん達も一緒に行くって言い出しました。

スノーラは、お兄ちゃん達と一緒に動くと速く移動できないって断ったんだけど、人間にしか分からないこともあるかもしれないって言われて、渋々一緒に行くことに。

分かれてスノーラ達に乗って、移動することになりました。

ブラックホードさんは絶対に人間は乗せたくないけど、僕ならいいって。だから僕がブラックホードさんに乗りました。

でも一人だと危ないからって、スノーラがなんとかお願いをして、エイデンお兄ちゃんだけ一緒に乗せてもらいます。スノーラにはレオナルドお兄ちゃんとスレイブさんが乗って。

『ゆっくり乗れ。そしてしっかり私に掴まっていろ。それとエイデンだったか、お前は乗ったら動くなよ。本当ならばレンだけ乗せたいのだ』

「分かってるよ」

ブラックホードさん、はぁぁぁって、凄いため息ついていたよ。

ブラックホードさんに乗ると。おお!!　すべすべ、さらさらで、とっても気持ちがいい!　あ〜あ。こんな変なことがなければ、ゆっくり堪能《たんのう》したい気持ちよさだよ。

でも今はそんな気持ちじゃダメ。ちゃんと魔法陣かどうか確かめなくちゃね。

カバンがガサゴソ動いて、ルリとアイスが僕を呼びます。少しの間ブラックホードさんの頭の上に乗っていてもいいかって聞いてきたの。

『私が隠れろと言ったら隠れるのだぞ。お前達は一度魔法陣に捕らえられたのだろう?　その苦しみを忘れたわけではあるまい。また同じことになるのは嫌だろう?』

『うん!　すぐ隠れる!』

『僕もなの!!』

ルリ達はブラックホードさんに元気に返事をしたので、僕はカバンを開いて出してあげます。すぐに頭の上に飛んでいくルリ。それからよじ登るアイス。

二匹もすべすべ、さらさらって喜んでいたよ。でもすぐにキリッとした表情になって、ルリは片方の羽を、アイスは小さい手を上げて、もちろん僕も一緒に。

「しゅぱちゅ!!」

そう言った途端、ビュンッ!!

おお!!　スノーラみたいにとっても速い!　周りが全然見えないよ。

でも結界を張ってもらっているから平気だもんね。ブラックホードさんもこんなに速く走れたなんて。

でも……ん？　速い？　ちょっと待って！　こんなに速く走ったら、魔法陣があるかもしれない場所、通り過ぎちゃわない!?

僕は慌ててブラックホードさんにそれを伝えます。

だってね、現に最初僕達の進行方向にあったはずの悪いものの気配が、今は後ろから感じているんだよ。

「もっちょ、うちろ!!」

『ああ、行きすぎたか。戻るぞ』

急いで後ろに戻ります、でも、ああもう、また行きすぎだよ。

『……失敗した。速く移動をと思ったが、これでは上手くいかんな。スノーラよ、とりあえず近くまで行って、そこからはいつも通りゆっくり行くしかないか』

『そうだな』

少しだけ走ったスノーラ達は、なんとか近くで止まることには成功、そこから今度は、木々の間をスピードを緩めて進み始めます。

少しすると、少し先の方にダイルさん達が見えました。ダイルさん達、かなり悪いものに近づいていたよ。

と、スノーラがダイルさん達と一緒に行くって言いました。

そろそろと周りを調べながら、慎重《しんちょう》に進んだ方がいいだろうって。

でも魔獣の姿をドッグさん達には見せられないから、少し離れたところで地面に降りて、スノーラ達は人の姿に変身しました。

僕はスノーラに抱っこしてもらって、ルリ達はしっかりカバンの中に。

そして少し早歩きでダイルさん達に追いついて、スレイブさんがダイルさんを呼びました。

みんながすぐに立ち止まります。

「何だお前達、レンまで連れてきたのか⁉」

「色々ありまして。彼が一緒の方がいいと」

ダイルさんがブラックホードさんをちらりと見てそう言います。

それを聞いたダイルさんは事情を察したのか、ドッグさん達に待つように言うと、こっちにやってきてスノーラ達と話し始めました。

それでね、これからドッグさん達にスノーラ達のことを紹介するけど、いつもの名前は使うなって言ったんだ。

「ここには一応俺達しかいないはずだが、どこで誰が見ているか分からん。そいつらがお前達の名を知ることで、面倒な魔法を使ってくるかもしれないからな」

「ふん、我々がそんな魔法にかかると思うか？」

「そんなもの、撥《は》ね返してやるわ」

「お前達がそう簡単に、魔法で操られるとは思っていない。だがお前達には守る者達がいるだろう。それがレン達を巻き込んだらどうする。気をつけるに越したことはないだろう」

「ふむ……そうだな」

「確かに隠すことも大事か」

名前を知られるのってそんなにまずいのかな？

そう思って首を傾げていたら、スノーラが教えてくれました。

なんかね、名前を使う魔法があるんだって。名前を使われた人は、魔法を使った人に操られて、誰かを傷つけたり街を攻撃したり。スノーラ達は強いからそんな魔法に操られることはないだろうけど、一応ね。

そんなわけで、偽名を名乗ることが決まったら、スノーラ達はさっさとドッグさん達の所に戻っていきました。

え？　名前は？　どんなのにするか決めてないよね？

ダイルさんもおいって言ったけど、スノーラ達はそれを無視してみんなの所に戻ると、自己紹介を始めました。

「我らの名は……こっちのはホワイト、我はノラだ」

「俺達は『鋼《はがね》の盾《たて》』っつうチームで、俺はリーダーのドッグだ。よろしくな。仲間のメイ、メル、ダッド、イリアだ」

この前ドッグさんを怒って、蹴りを入れていたのはメイさんっていうみたい。

と、それはいいんだけど、何だっけ、二人の名前、スノーラがノラで、ブラックホードさんがホワイトだっけ？　何でそんな名前に？

「よし、自己紹介は終わりだ。レン、お前が感じた悪いものは、まだそのままか？」

「うん！　あち!!」

「じゃあ先頭は俺とドッグが行く。レンを真ん中にそれぞれいつも通り周りを固めろ」

というわけで、ダイルさんとドッグさんを先頭にして、ボク達は進み始めました。

しばらく歩いたところで、レオナルドお兄ちゃんはダイルさんに呼ばれて、ダイルさんとドッグさんの後ろに移動しました。

こういう時はこうした方がいいとか、ああいう場所は通るなとか。僕のことを守るなら、色々なことに対応できるようになっておけって、教えてもらっていたよ。

遠くにいた時は、悪いものの気配が落ち着いてきていたと思っていたんだけど、近づくにつれてまたそれが強くなってきました。

そして大きな木の所まで来た時、今までで一番強く悪いものを感じました。

僕がスノーラの洋服を引っ張ると、小さな声で聞いてきます。

「その木の向こうか？」

僕が頷くと、スノーラが軽く跳んで先頭を歩いていたダイルさん達の前に降り立って、無言のままジェスチャーでみんなを止めました。

それを見て、ダイルさんが頷いて指示を出します。

「よし、スレイブ、イリア。気配を隠して向こうの様子を確認してこい」

すぐに二人が消えます。おお！　また消える人達が。

「ノラ、私も先に確認してくる。お前はレンを守っていろ」

「気をつけろよ」

ブラックホードさんもシュッと消えました。この世界には消える人達が多いね。まぁブラックホードさんは魔獣だから普通かもしれないけど。

ダイルさんとドッグさんは、大きな木の近くまで行って待機、他の人達もそれぞれ、他の木や大きな岩の後ろで待機します。僕達とお兄ちゃん達は一番後ろで待機だよ。

どのくらい経ったか、僕達の横にいきなりブラックホードさんが現れて、僕はビクッとしちゃいました。

みんな、普通に出てきてくれない？

それからすぐに、スレイブさん達も戻ってきました。

「何か見つかったか？」

「いや、まったく何も。これといって気になるものは何もなかった」

え〜、何も？　でも、まだ悪いものの感じがしているよ。

スノーラが僕に「まだ感じるか」って聞いてきたから、すぐに頷きます。

これだけ悪いものの感じがするのに、誰も分かってないなんて。

魔法陣があった場合、踏んじゃったら大変だから、木の上から確認したみたいなんだけど……それで気づかないものなのかな。

スノーラは、本当は僕を近づけたくなかったみたいだけど、仕方がないからこれから全員で、大きな木の向こうの開けた場所を見ることになりました。

少しだけ調べて何もなければ、一旦街に帰ります。それできちんとこの場所を地図に記して、次に来る時、しっかりここに来られるようにするみたい。

悪いものの感覚がしてるのに、そのまま帰っていいのかなって思ったけど……

ダイルさん達は、しっかり準備してから戻ってきたいらしいんだ。っていうのも、本当は今日、僕達はここへお勉強しに来ただけで、街から近くて強い魔獣もいない予定だったから、ダイルさん達の装備が全部揃ってないんだって。

「まぁ、今何かが起こっても、基本の装備はしてきているから、そこまで問題でもないがな……よし、じゃあ行くぞ」

最初にダイルさん達が、大きな木の裏の、開けている場所へ。それから順番にみんなが出て行って、最後に僕達が木の陰から向こうを覗《のぞ》きました。

でも覗いた瞬間、僕は固まっちゃったよ。みんなあの変な魔法陣に乗っかっているんだもん。ルリの時よりも大きな魔法陣。魔法陣は少しだけ赤く光っていて、それから黒いモヤモヤした煙《けむり》みたいなものが微かに出ていました。

大変！　僕はすぐにみんなに戻ってきてって叫びます。

「ちゃいへん！　もどっちぇ!!」

でもみんなはどうしたんだって僕の方を見てくるだけです。

「レン？　どうした？」

「まほじん、みんにゃのっちぇる!!」

「何!?　おい！　早くその場から離れろ!!」

スノーラが叫んだ瞬間でした。

魔法陣から赤い光が溢れ出したんだ。

「はやくにげちぇ!!」

その場から飛び退いて、僕達の方に戻ってくるダイルさん達。

赤い光はだんだん魔力の塊みたいになって、魔法陣の上でうねうね。黒い煙みたいなものも出たまんま。

でも次の瞬間、今度はその赤い光が、僕やスノーラ、ブラックホードさんの方に向かってきました。

「あかいにょ、きちゃ!!」

僕はギュッとカバンを抱きしめます。スノーラは僕を抱っこしたまま、ブラックホードさんと一緒に、その場から跳び上がって、近くの木の上に乗りました。

その時になって、やっとスノーラ達にも赤い光と魔法陣が見えたみたい。

迫ってくる赤い光を、木々の間を飛び回って避けながら話をする二人。

「やはり魔法陣だったか。この前のルリと同じものか。それとも何か違いがあるのか」

「我らを狙《ねら》ってきているようだな。やはり魔獣を狙った魔法陣か」

魔獣を狙った魔法陣。じゃあ僕の方に来たのは、ルリ達が入っているカバンを狙ったから?

また別の木の上に逃げる僕達。

そしたら急にスノーラが、ルリ達に自分のポケットに入るように言いました。すぐにルリ達が移動します。

それからもう一回赤い光を避けたら、僕だけお兄ちゃん達の所に運んでくれました。

その頃には、お兄ちゃん達もダイルさん達も魔法陣が見えるようになっていたみたい。

「大丈夫か!」

「我らを狙っている。レンを頼めるか。レン、兄達から離れるんじゃないぞ!!」

そう言ってまた別の木の方へ逃げていくスノーラ達。僕は置いて行かれて不安で、思わず追いかけようとしました。

「レン！　ダメだよ‼　僕達と一緒にいないと！」

エイデンお兄ちゃん達が僕を止めているその間にも、赤い光はスノーラ達を追いかけます。

「なんとかあの魔法陣を消すぞ‼　スレイブ、お前はレン達に付いていろ！」

ダイルさんの号令で、みんながちょっと離れた場所から、魔法攻撃をします。

でも魔法陣は全然消えません。

早く、早く消して。スノーラ達が捕まっちゃうよ‼

「レオナルド！　レンをお願い‼　僕も魔法で攻撃する！」

「任せろ！　俺は魔法は微妙だからな」

エイデンお兄ちゃんが僕から離れて、魔法で攻撃しているみんなに加わります。

火魔法に風魔法に土魔法に、みんないろんな攻撃をしています。イリアさんは矢に光魔法を付けて攻撃しているの。ただ弓で攻撃するよりも、威力も矢が飛んでいく速さも、ぜんぜん違うんだ。

そんなみんなの攻撃に、赤い光は魔法陣に戻って、煙みたいなものが魔法陣を守るようにもっと濃くなりました。

そしてお兄ちゃん達の攻撃の激しさに、土煙が上がって魔法陣が見えなくなります。

でも誰も攻撃をやめません。

その間に僕の所に戻ってきたスノーラ達も、それぞれ攻撃に加わって。土煙がさらに大きくなったら、ダイルさんが手を上げました。みんなが攻撃をやめます。

「そのまま待機だ！　ノラ！　何か感じるか！」

「いや、それがな。あれがまずいものだというのは分かるのだが。さっきから気配が定まらない。ホワイトはどうだ？」

「私もだ」

二人の答えに、ダイルさんはドッグさん達の方を向きます。

「そうか。俺は見えてはいたが何も感じなかった。ドッグ、お前はどうだ？」

「俺は嫌な感じが少しする程度だな」

「お前に分かって、どうして俺に分からんのだ？」

ブツブツ言いながら、それでも絶対に魔法陣の方から目を離さないダイルさん。みんなもね。

やっと土煙が収まってきて、僕は魔法陣が消えてればいいと思ったんだけど……

「おいおい、何だこれは……」

魔法陣は消えていませんでした。あれだけみんなが攻撃したのに、ちっとも消えてなかったんだよ。

それにね、魔法陣の中は、さっきよりも大変なことになっていました。赤い光と煙が混ざり合って、その中心には、新たにドロドロしたものが。

「おい！　気をつけろ！　あの中のドロドロしたもの、あれがこの魔法陣に込められている呪いだ。呪いが形になったものと言えばいいか。あれに触れたら大変なことになるぞ!!」

スノーラの言葉に、周りの空気が一段とピリピリしていきます。

「来るぞ!!」

ブラックホードさんが叫んだ瞬間、赤い光、煙みたいなもの、それからドロドロしたものが、バラバラにみんなのことを襲ってきました。

赤い光と呪いはルリとアイスをポケットに入れたスノーラ、ブラックホードさんを追いかけます。

煙みたいなものは残りのみんなを襲ってきたよ。

でも、少し経ってから気づいたんだけど、襲われているのは僕以外のみんなでした。

何でそれに気づいたかっていうとね。

僕を守ろうと、向かってきた煙を剣で切ったレオナルドお兄ちゃん。切られた煙はすぅっと消えて。でもまたすぐに別の煙が襲ってきたんだ。

次の煙を避けた時、僕はレオナルドお兄ちゃんから離れちゃったんだけど、煙は僕の方に来ないで、お兄ちゃんの方へ向かって行ったんだ。

もう一度煙を切るお兄ちゃん。次々に煙がお兄ちゃんに向かいます。

一応僕の方にも煙は来るんだけど、ひょいって僕を避けるように急角度で曲がって、僕にぶつからないようにしている感じなの。

それに気がついたレオナルドお兄ちゃんが、そのまま動くなよって言って僕から離れました。

僕はお兄ちゃんに言われた通りその場から動かないで、でも何かみんなのためにできることはないか、一生懸命考えました。

だって、僕だけただ見ているなんてできないよ。でも何ができる？

と、その時でした。僕の前にボタッと何かが落ちてきて、思わず下がります。

見たらドロドロの黒い呪いでした。

上を見上げたら、ちょうど僕の頭の上にスノーラ達がいました。たぶん、スノーラ達の攻撃で、このドロドロの呪いが落ちてきたみたいです。

……ん？

僕は少しだけ近づいて、ドロドロ呪いを観察しました。

ドロドロ呪いはウネウネ動いて、スノーラ達の方へ行こうとしているんだけど、飛べないみたいなんだ。

ちょうどいいや、どうせ飛べないなら今のうちに、僕がこのドロドロ呪いを土で埋めちゃおう。そうすればもし戻ろうとしても、それを少しでも遅らせることができるはず。

でも気をつけてやらないと。

だって呪いを受けちゃったら大変。触らないようにもう少しだけ近くに行って、離れた所から、ドロドロ呪いに土を投げかける感じにしよう。うん！　それがいい！

僕は慎重にそっとそっと、ドロドロ呪いまで、あと三歩くらいの所まで近づきました。

相変わらずウネウネ動いている呪い。

僕はしゃがんで土を集めます。土を溜《た》められるだけ溜めて、それから一気にドロドロ呪いにかけようかなって。

それで、すぐに僕の前に小さな土の山ができました。

よし！　まずは一回かけてみよう。ちゃんとかけられるかな。

バシャッ!!

僕はドロドロ呪いに向かって土を投げます。

と、土はちょっと横にズレちゃって、失敗。ドロドロ呪いが、僕が投げた土から離れようと、左に少し動きます。

次はもう少し左を狙って、バシャッ!!

あ〜あ、今度は左すぎちゃった。なかなか難しいな。そして右に移動するドロドロ呪い。

次こそは、バシャッ!!　あっ、ちょっと土がかかった!!

土がドロドロ呪いの端っこの所にかかったんだ。そうしたら、かかった部分のドロドロ呪いがベチャアッてなって、ベチャッの部分と、ドロドロ呪いが離れました。

ベチャッてした方に急いで土をかける僕。

かけ終わると、ベチャッとした方はシュウゥゥウッて消えていったよ。

よしよし、いい感じ。この調子で残っているドロドロ呪いも消しちゃえ！

バシャッ！　バシャッ!!

勢いよく土をかけ始める僕。

「おい……あれは何をしているんだ？」

「は？　こんな時に何だ？」

「いや、レンがおかしな行動をしているぞ。踏ん張って何かに一生懸命、土をかけているようだが。……あれは呪いか⁉　まずいぞノラ！」

「レン‼　一体何をしているんだ！　兄達は何をしている‼　レン、それから離れろ‼」

「ノラ！　来るぞ‼」

「チッ‼」

ん？　今スノーラの声が聞こえた？

土をかけながら上を見る僕。スノーラ達はさっきと変わらず、あの赤い光とドロドロ呪いに追われながら戦っています。呼ばれた気がしたんだけど、気のせいだったみたい。

僕は元の姿勢に戻って、土がなくなったから、また土の山を作ります。

僕の前にあるドロドロ呪いは、最初の半分くらいになっていました。

早くこのドロドロ呪いに土をかけて、次はお兄ちゃん達の方、なんとかお手伝いしなくちゃ！

また勢いよく土をかけ始めます。

頑張って土をかけ続けて、二つ目の土の山がなくなる頃には、ドロドロ呪いが僕の手のひらよりも、ちょっと小さいくらいの塊になってました。あと少し。

でもこの、あと少しが大変だったの。塊が大きかったから土をかけやすかったけど、的が小さくなっちゃって。

ドロドロ呪いがひょいひょい逃げるから、僕も追いかけながら土をかけて。

あぁ、もう、イライラする‼

僕は思わず手を伸ばして、ドロドロ呪いを掴んじゃいました。イライラして忘れていたんだよ、触っちゃダメって。それを掴んだ時に思い出したの。

急いでドロドロ呪いを向こうに投げようとします。でも……

「うにょ？」

変な声出ちゃった。

だって、僕の手の中にあったドロドロ呪いが、僕の手のひらの上で少しプルプル揺れた後、固まり始めて、その後サラサラって消えちゃったんだ。

僕は土をかけたドロドロ呪いの方を見ます。

何箇所《かしょ》かは土をかけた後、ドロドロ呪いが消えたけど、まだ残っている場所もあって。僕はその残っているドロドロ呪いの所に行って、直接触ってみることにしたんだ。

でもやっぱり怖いから、まずは指の先で触ってみます。

そうしたら触った場所がプルプル揺れて固まって、サラサラ消えたんだ。さっきと一緒。

もしかして、触ったら消えるの？

ガバッ！　と両手でしっかり残りのドロドロ呪いを触る僕。

ドロドロ呪いは全体的にプルプル揺れ始めて、そして最後は固まってサラサラ、綺麗に消えていきました。

残っているドロドロ呪いも、同じように掴んでいきます。

結局最後まで、それを続けた僕。僕の前に落ちてきたドロドロ呪いは、全部綺麗に消せちゃいました。

スノーラは、呪いに接触したら大変って言っていたけど、でももしかして触らないと消えないの？

なら遠くから攻撃していたら、いつまで経っても魔法陣も赤い光も、煙みたいなものもドロドロ呪いも消えないんじゃ。

僕は魔法陣の方を見ます。

相変わらず、煙や光、ドロドロを出して、みんなを攻撃している魔法陣。

今いるメンバーの中で、自由に動けるのは僕だけ。うん！　なら僕がやらなくちゃね！

僕は気合を入れて立ち上がると、みんなの邪魔にならないように、でもまっすぐに魔法陣に向かって進みます。

時々、僕の近くを煙と赤い光とドロドロ呪いが通るけど、やっぱり僕を避けて、思っていたよりも早く魔法陣の所へ行けました。

よし！　今僕が触ってみるからね。それで魔法陣が消えたら、やっぱり触ったら消えるってことだから、僕頑張って消すよ!!

魔法陣の前にしっかりしゃがんで、じっと魔法陣を見つめる僕。そして僕は魔法陣に手を伸ばしました。

◇　◇　◇

攻撃と呪いを避けながら、なんとか反撃をする我、スノーラと、他の面々。

レンのことが心配だったが、魔法陣の攻撃は強くなっていて、少しの間レンから目を離してしまった。

そしてなんとか向かってきていた呪いを少し減らすことができたところで、ふと下に目をやれば……そこにいるはずのレンの姿はなく、先程レンが呪いにかけた土の跡だけが、あちこちに残っている状態だった。

しかしよく見れば、土に埋まっているはずの呪いはきれいさっぱりなくなっていた。

慌てて周りを見渡した我は、レンの姿を見つけて肝が冷えた。

いつの間にか、魔法陣の側にいたのだ。なぜあんな場所に！

我はレンを呼びながら最速で下へ降りようとした。しかしその時、また呪いと赤い光に囲まれてしまう。

「レン！　レン‼　離れるんだ‼」

我の声に少しだけ顔を上げたレン、しかしすぐに魔法陣に向き直り、しゃがみ込んだ。

ダメだ！　すぐに離れるんだ！

我の声に、下にいたエイデン達が気づき、我が見ている方を見る。

そして我と同様、レンの姿を確認し、慌ててそちらへ行こうとしたが、やはり魔法陣の攻撃で近寄ることができなかった。

どうするかと我らが焦る中――レンがまた動いた。

今度は魔法陣に手を伸ばしたのだ。

「ダメだ、離れろ‼　レン、頼むから逃げてくれ‼」

と、我が叫んだ次の瞬間だった。

レンが思わぬ行動に出たのだ。

我は思わず、「は？」と声を漏らして、止まりそうになってしまった。隣にいたブラックホードも、目を見開きビックリしている。

我らの驚きをよそに、それからも同じ行動を繰り返すレン。

やがて、こちらにもある変化が現れた。我らを襲っていたものの動きが鈍ってきたのだ。

そのおかげで、ようやく我らも地上に降りることはできたのだが、それでもすぐにレンの元へ近づくことはできなかった。

だがそれも、数分後にはさらに攻撃が弱まり、我らを襲っていたものは全て魔法陣へ戻っていく。

襲い掛かってくるものがなくなった我らは、全員で魔法陣とレンの周りに集まる。

衝撃的なレンの行動のおかげで魔法陣の力が弱まったのだろうか。

今すぐに魔法陣を消さなければいけないのは分かっている、分かってはいるが、聞かずにはいられなかった。

「あ〜、レン。お前は一体何をしているんだ？」

◇　◇　◇

魔法陣に手を伸ばした僕は、えいっ‼　って、思い切りペタッと魔法陣を触ってみました。

そうしたら触った部分の魔法陣の模様が薄くなって、それから赤い光もドロドロ呪いも煙も、手の周辺だけ薄くなったんだよ。

やっぱり触ると消えるんだ！

ってことは、どんどん触って消していけば、スノーラ達を襲っているやつも消えるはず。

でも、薄くなってるけど、これじゃあ時間がかかりそう。もう少し一気に消せないかなぁ？

考えながら魔法陣を触る僕。あっ、はたいてみるのはどうかな？

こう、洋服に付いた汚れをはたいて取るみたいに、パシッ！　パシッ！　って。

すぐにやってみます。そうしたらはたいた所がスッと綺麗に消えたんだよ。

うん、これがいいかも！　やり方が決まったから、これからはどんどん消しちゃうよ!!

「ちゃい!!」

パシッ!!

「みんにゃ、おいかけりゅのめっ!!」

パシッ!!

「じぇんぶ、けしゅ!!」

パシッ!!

どんどん消していく僕。少しすると赤い光も煙もドロドロ呪いも、全部の勢いが弱くなっていきます。

そして魔法陣の三分の一が消える頃には、赤い光も煙もドロドロ呪いも全く出なくなっていました。

その時、後ろからスノーラの声が。

「あ〜、レン。お前は一体何をしているんだ？」

振り向くと、スノーラとブラックホードさんが立っていて、他のみんなもその近くで困っているような、考えているような、少し笑っている顔で僕を見ていたよ。

何で変な顔しているの？　でもよかった、みんな攻撃されなくなったんだね。

「まほじん、けしぇりゅ!!」

「ああ、確かに消せているな」

「きれいに、けしぇりゅ。パシッ！　ちぇ」

僕はスノーラ達が無事で、嬉しくなってどんどんパシッ、パシッ！　ってはたいちゃいます。

「ま、待てレン。我もやってもいいか？」

うんうん、一緒にやろうよ。僕だけじゃ時間かかっちゃうもん。それにスノーラ達の方が力が強いから、どんどん消せるんじゃないかな。

僕が頷くのを見て、スノーラは僕の隣にしゃがんで、同じことを始めました。

でもね、スノーラがいくらパシパシはたいても、ぜんぜん魔法陣は消えなくて、薄くもならなかったよ。何で？

僕がお手本を見せてあげるよ！　こうだよこう、洋服に付いた汚れをはたくみたいに、パシッ！　パシッ！　だよ。ささ、みんなやってみて！

僕は立ち上がって、手のひらを魔法陣の方へ向けて、さぁ、どうぞ!!　ってしました。

そんな僕を見てクスクス笑うお兄ちゃん達。ドッグさんの仲間も困った顔して笑っています。

どうして笑っているの？　さぁ、みんなやってみて。

もしかしたら魔法陣が復活して、また攻撃してくるかもしれないから、早く消した方がいいよ。

そんな中、ダイルさんがニヤニヤしながら、消すのを待てって言ってきたんだ。

どうして？　早く消した方がいいのに。

僕がブスッとしていたら、どうも魔法陣の模様を残しておきたかったらしくて、スレイブさんに描くように言いました。

ササッと描き始めるスレイブさん。どれくらいかかるのかなって思ったけど、そんなに待たなかったよ。

ペンをしまったスレイブさんに絵を見せてもらったんだけど、少しの時間だったのに、細かい部分までしっかり描いてありました。

「さて、じゃあレンのやっていた通り、俺達もやってみるかね」

ダイルさんがそう言いながら魔法陣に近づいて、しゃがんで魔法陣をはたきます。

あれ？　ダイルさんがはたいた所、全然魔法陣が消えてないよ。なんでだろう？

続いてドッグさんがやってみます。

パシッ！　じゃなくて、ジャシュッ!!　って感じで魔法陣をはたくドッグさん。

それでも魔法陣は消えません。

というか、ちょっと力の入れすぎじゃない？　僕の方に土が飛んできたよ。

そんなに力任せにしなくても、僕でもあれだけ消せるんだから。こうだよ、こう。

僕は隣に行って、パシッとはたいてからまた、さぁ、どうぞ!!　をしました。

「何だよ、そのポーズは。まったく、くくくっ」

笑いながらもう一度やるダイルさん達。お兄ちゃんや他の人達もやり始めたけど、結局誰も魔法陣を消すことはできませんでした。もう、みんなダメなんだから。

次はブラックホードさんと、スノーラがもう一度やってみます。

あっ、ルリ達はダメだよ。小さいし、一度捕まったことがあるんだから触っちゃダメ。

ブラックホードさんとスノーラが、サッと魔法陣をはたきます。手が消えて見えないくらいのスピードでサッとね。

何回かそれを続けたスノーラ達だったけど、魔法陣を消すことはできませんでした。

あれ～、何でぇ？　僕はすぐにできたのに、何か違うのかな？

こう手の角度が違うとか？　それかみんな力を入れすぎているとか。

僕はスノーラがはたいた場所を、シュッ！　とやってみます。ほら、すぐに消えるよ？

「やはりレンだけができるようだな。しかも魔法陣自体が、レンを嫌がっているようだ。見たところレンの体に異常は出ていないし、ここはレンに任せるしかないか」

みんなできないんだもんね。よし！　僕頑張っちゃうよ！

僕は改めて気合を入れ直すと、しゃがんでシュパパパパッ！　って魔法陣をはたき始めました。

それから、スノーラのポケットにいたルリとアイスが、もう大丈夫と思ったのか、僕の頭の上に移動してきました。

羽をシュッシュッ、手をシュッシュッ！　って、はたいている真似をしているってスノーラが教えてくれました。

それからどんどん魔法陣を消していった僕。

今目の前には、あと一回はたけば完全に消えるくらいの、魔法陣の端っこだけが残っています。

これで最後！　僕は今までで一番力を入れて、パシッ!!　とはたきました。

シュウゥウゥッと、最後の魔法陣が消えていきます。これで完全に魔法陣が全部消えました。

ふぅ！　僕はおでこを腕でふきふき。ちょっと時間がかかっちゃったけど、ちゃんと全部消せたよ。

満足して頷いていたら、僕の後ろからクスクス笑う声が。振り向いたらみんなが横を向いていました。どうしたの？

「レン、頑張ったね。クスクス。あ～、仕草がいちいち可愛い」

「凄いな。まさか全部消すなんて思わなかったぞ。満足って感じだな。くくくっ」

エイデンお兄ちゃんとレオナルドお兄ちゃんが頭を撫でてくれたよ。笑いながら。

「レン、まだあの変な感じは残っているか？」

あれ？　そういえば。僕消すのに夢中ですっかり忘れていたよ。僕は周りをじっと見て、悪いもののあの嫌な感じがしないか確認。

「だいじょぶ！　にゃにもにゃい！　わりゅいのにゃい!!」

「そうか。よくやった、レン!!」

スノーラがいっぱい頭を撫でてくれます。

それから順番にダイルさん、スレイブさんも撫でてくれて、僕はとってもニコニコ。

みんなの周りをスキップします。ルリ達も一緒にね。

スキップっていっても、この身体じゃうまくできないから、変なステップになっちゃいます。僕は偽スキップって呼んでるんだけどね。

この偽スキップ、この前アイスも練習したんだよ。僕はできなくて偽スキップになっているだけなのに、そっちの方を覚えちゃったんだ。

そんな僕を見たダイルさんが、何だそれは？　って聞いてきました。

お兄ちゃんがスキップって教えたら凄い勢いで笑い始めて。「そんなヘンテコなスキップ、逆に難しいだろ」って。

「ガハッ!?」

だけど急にダイルさんがお腹を押さえてしゃがみ込んで、僕もルリ達もビックリ。

「レン君のおかげで、魔法陣は消えたんです。そのレン君が喜んでスキップをしているのを笑うとは何ですか！」

スレイブさんが怒りながらそう言っていました。

スノーラが教えてくれたんだけど、ダイルさんのお腹に、スレイブさんが一発入れたって。

僕達には速すぎて見えなかったみたい。でもスレイブさん、少しも動いていなかったよね？　ダイルさんの横に立っていただけで……実は凄く強いの？　僕達は少しの間、スレイブさんを見ていました。

魔法陣を無事に消すことができたその後は、まだ魔法陣があるかもしれないから、みんなで少しだけ周りを調べていたんだけど、結局何も見つかりませんでした。

それで僕とルリとアイス、お兄ちゃん達は街に戻ることになりました。

ドッグさんはあの悪いものを感じることができるから、それで調査を進めるみたい。僕ほどしっかりとは分からないから、僕がいた方が本当はいいんだけど、でもこれ以上危ないことはさせられないって。

お兄ちゃん達はローレンスさん達に報告があるし、お兄ちゃん達も護衛なしに、これ以上危ない場所に残しておけないって。

ドッグさん達のチームとダイルさん達は残って、手分けしてもう少し詳しく森を調べます。

それに、もうすぐ騎士さん達が来るって、スノーラが気配で分かったみたい。鉱石で知らせを送ってるし、ニールズさんが指示しているはずだもんね。

スノーラは僕達をお屋敷に送ったら、すぐにここへ戻ってきて、またブラックホードさんと一緒に森を調べます。

スノーラ気をつけてね。あれはスノーラ達を狙ってくるんだから。

「しかしどうする。もしまた魔法陣が見つかった場合、俺達でどうにか対応できればいいが」

「問題はそれだ。またレンに頼むわけにもいかんしな。はぁ、だいたい俺達が対応できなくてどうするって話だが」

「ギルドマスターの言うことも分かるが、今思いつく対策はないぞ」

もし見つかったら僕来ようか？　だって今のところ消せるのは僕だけだし。僕もあんな危険なもの放って置けないよ。

「ぼく、くりゅ!!」

だけどスノーラが首を横に振ります。

「レン、ダメだ。危険な所へお前を連れてくることはできない」

「でも、ぼくけしぇる」

「確かにそうだが」

帰ろうとしていたのに、僕が戻ってくるかこないかで揉めて、また話し合いが始まっちゃいました。

結局、何かいい案が出ることもなく、被害が大きくなる危険性がある以上、僕が魔法陣を消すしかないってことになりました。

ダイルさんが僕とスノーラに頭を下げてきたよ。守るべき僕を危険に晒《さら》してすまないって。

もし魔法陣が見つかったら、スノーラが僕を迎えに来ることになりました。それでさっきみたいにパパッと魔法陣を消すんだ。

連絡方法はブラックホードさんが、森の小鳥さんに頼むんだって。すぐに周りにいた小鳥さん達を呼ぶブラックホードさん。

『ぴゅぴ？』

「ああ、連絡してくれるだけでいい。別に人と行動することはない。近くから様子を見ていて、魔法陣が見つかったらスノーラに知らせを」

名前のところは、小さな声で小鳥さんに言ったブラックホードさん。そうそう、まだスノーラはノラだった。

「ありがとう」

『ぴゅぴぃ!!』

小鳥さん達、連絡係やってくれるみたい。ありがとう!!

「お前凄いな、野生の魔獣と話ができるのか」

ドッグさんがニコニコしながら、ブラックホードさんの肩をバシバシ叩きます。

嫌そうな顔をしたブラックホードさんは、ペシッてドッグさんの手を払って僕の方に来ました。

やっと話し合いは終わり。僕とお兄ちゃん達、それからスノーラとブラックホードさんはダイルさん達を見送った後、誰もいなくなったのを確認。

それでも一応念には念を、大きな木の陰に隠れてスノーラは魔獣姿に戻ったよ。

それから僕は、お兄ちゃん達と一緒に背中に乗ります。

『すぐに戻ってくる』

『私は先にこの辺を調べている。レン、先程は助かった、ありがとう』

僕とルリ達がバイバイしたら、スノーラがピョンッて飛んで、今日は木の上まで出る前に、ヒュンッ！　って凄い速さで走り始めました。そして数秒後にはお屋敷に到着。

お兄ちゃん達、とってもビックリしていたし、喜んでいたよ。こんな経験ができるなんてって。

僕達はスノーラに抱きついて、いってらっしゃいをします。スノーラはニッて笑った後、すぐに走っていきました。スノーラを見送った僕達は、急いでお屋敷の中に入ります。

お屋敷では、ローレンスさんが準備をして待っていたよ。

ローレンスさん、最初の連絡から、すぐに森に行こうとしたらしいんだけど、まずは第一部隊の騎士さん達を森に送った後、自分は残って情報が届くのを待っていたんだって。

そしてニールズさん達が帰ってくると、すぐに森で何が起こっているか確認して、騎士さんと冒険者さん合同の部隊を、第二部隊、第三部隊と作って、さっき第二部隊を森へ送ったみたい。

そんなローレンスさんに、エイデンお兄ちゃんとレオナルドお兄ちゃんが事情を説明します。

「——それじゃあスノーラ達は、まだ森を調べているんだな」

「ダイルさん達とドッグのチームもね。ただ僕達が帰ってくる前に、少しだけ辺りを調べたけど、その時には魔法陣は見つからなかった。それとレン達が感じた悪いものの気配もね」

「ただ、離れたところに魔法陣があったとしても、そこへ辿《たど》り着けるかどうか。ドッグはなんとなく気づいたって感じで、途中から分からなくなってたからな」

「そうか。彼しか分からないのなら、たくさん騎士を出すのもな……あの森だけに魔法陣があるとは限らないし。他の場所も調べた方がいいのだが、第三部隊は他へ回すかどうするか」

ローレンスさん達が話し合いをしている間に、途中からニールズさん達も来て、みんなでお話し合い。

僕とルリとアイスは、いつスノーラが来てくれって呼びに来るか分からないから、窓の側で木の実で遊びながら待っていました。

でも結局僕が呼ばれることはありませんでした。


ハッ！　として起きる僕。隣にはルリ達が寝ていて、僕達はソファーの上で寝ていたよ。

「あっ、起きた？」

キョロキョロ周りを見たら、ローレンスさんとエイデンお兄ちゃんがソファーに座っていて、窓の方を見たら空がオレンジ色になっていました。

僕、何をしていたっけ？

えっと、お話をしている最中にケビンさんが遅いお昼に簡単なもの、サンドウィッチを運んできてくれて、それを食べたんだ。

僕達はご飯の後も、窓の側で遊んでいたんだけど、でも途中で寝ちゃったみたい。

僕達が寝ている間に、ニールズさん達は商業ギルドに帰って、レオナルドお兄ちゃんはローレンスさんに言われて、スチュアートさんの隊に入ることになって、今は待機中なんだって。

そんな僕が寝ちゃってからのことを聞いていたら、窓からスノーラが入ってきました。

あの後何回も森を見回ったんだけど、結局何も見つけられなくて、ブラックホードさんは一度自分の森に帰ったって。

それからダイルさん達は、最初に森に来てくれた騎士さん達と合流して、今日は夜通し森を調査。明日のお昼ごろ街に帰るみたい。

それでね、明日は僕と一緒に、他の森や林を上から森を見てほしいって、スノーラに言われました。

ローレンスさん達も、他の森を調べなくちゃいけないって言っていたでしょう？　それと同じことをスノーラ達も考えていたらしいです。

「本来ならば我だけで調べたいが、我も全体的に嫌な気配を感じるだけで、魔法陣を見つけられるわけではないからな。魔法陣が発動する前に、レンに見つけてもらった方がいい。それに――」

そう言って続けるスノーラ。

赤い光とかドロドロ呪いとか、黒い煙とか何も出ていない、魔法陣が発動していない状態なら、もしかしたらスノーラでも魔法陣が消せるかもって。

その話をスノーラが僕にしたところで、ローレンスさんがため息をつきます。

「はぁ、本当は私は反対なんだ。こんなに小さいレンを連れて行くなんて。だが今までの話からすると、探せるのも消せるのもレンだけだからな」

「分かっている。危険だと判断すれば、見つけても近づかん。その場合は魔獣達にも近づかないよう伝えてくるだけにする」


こうして次の日、僕はスノーラと街の近くの森や林はもちろん、少し遠くまで調べに行って——午前中だけで三つも魔法陣を見つけたよ。

でもそれ以降は見つからなかったから、順番に魔法陣を消して回ることにしました。

まずは一つ目の魔法陣。とりあえず僕が、魔法陣には触れないように近づきます。

昨日はみんなが魔法陣に乗ったら、魔法陣が発動したからね。

僕が魔法陣のすぐ近くまで移動したら、次はスノーラが静かに近づきます。ここまでは魔法陣が発動しませんでした。

次は魔法陣を触ってみます。スノーラがいつでも逃げられるように、僕を支えてくれて。

僕は安心して、そっと魔法陣を触ります。でも触った所の魔法陣が、微かに薄くなったくらいで、何も起こりません。

でも次にスノーラが触ったら、魔法陣がブワッと一気に発動したんだ。

最初は一緒に逃げたんだけど、やっぱり狙われているのはスノーラだけで、途中で僕を降ろしてもらいます。僕から離れて魔法陣の攻撃をかわします。

僕は急いで魔法陣を消し始めて、半分くらい消したら昨日と一緒、スノーラを襲わなくなりました。

『やはり我が触るだけでもダメか。これくらい魔法陣が弱まっていれば触っても大丈夫だが』

結局二つ目も同じことが起きて、三つ目はスノーラは触らないで、僕だけが魔法陣を触って、ちゃんと綺麗に魔法陣を消しました。

お屋敷に帰ったらダイルさん達が来ていて、魔法陣も、魔法陣に関係があるようなものも見つけられなかったって。

本当、誰があんな酷い魔法陣を張ったんだろうね。

◇◇◇

「おい、あれはあんなに簡単に消せるものなのか？」

俺、ジャガルガの質問にラジミールは何も答えない。

数日前から、俺達は何箇所かに魔法陣を仕掛けた後、それぞれ分かれて魔法陣を見張っていたのだが、問題が発生した。

気配を消す秘薬《ひやく》を飲み、魔法陣を見張っていた俺達の所に来たのは、ギルドマスター達にドッグのチームだった。そしてその後、あのレンという子供と、そいつといつも一緒にいる男、それから今までに見たことがない男が現れた。

そこまではまだよかった。

しかし問題はその後だ。

まさか子供が魔法陣を消してしまうなど、思いもしなかった。しかもあんな、サッとはたくだけのやり方で。あれには思わず声が出そうになってしまった。おかしいだろうと。

そしてあの子供達は他の魔法陣の所にも現れたようで、残った魔法陣は今回メインとして張ったもの、二つだけになってしまっていた。

俺はそのことに文句を言うべく、コレイションとラジミールの元へやってきたのだ。

「おい！　聞いてんのか‼」

「ジャガルガ、静かにしろ」

コレイションが冷たく言い放つ。

「静かにしろだと！」

「大声を出したところで、何かが解決するのか？　だがラジミール、ジャガルガではないがこれは大問題だぞ」

「……コレイション様、場所を移動しても？」

こうして俺達はわざわざ、街の騎士達が見回りに来ていない森まで出てきた。

すぐにラジミールが魔法陣を張り、ここに来るまでに捕まえた、害獣のツノネズミを魔法陣に放り込む。

するとすぐに魔法陣が発動して、ツノネズミは呪われ、少しすると息絶えた。

これだけ見れば、魔法陣はちゃんと発動しているし、呪いも効いているように見える。

もう一度ラジミールが魔法陣を張り直し、そして今度は自分が魔法陣に入る。すると魔法陣は発動し、我々のことを襲ってきた。

これもいつも通りだ。すぐにラジミールが魔法陣を消す。

そうそう、この魔法陣は奴だけが消せるんだと。

俺にもやり方を教えろと言ったが、俺ではできんらしい。いや、俺だけではない、魔法に長《た》けている者でも簡単には消せないそうだ。

あの魔法陣には三つの効果がある。

一つ目はもちろん魔獣を捕まえるための呪い。これは魔獣にだけ反応するようになっていて、魔法陣に乗った魔獣や周辺にいる魔獣を、どこまでも追いかけるものだ。

残る二つは攻撃の魔法で、一つは魔獣達を攻撃する魔法。もう一つが人間や周辺にいる生き物全てに攻撃をする魔法だ。

希少な魔獣を捕まえるために、それぞれ能力を別にして魔法陣に組み込んだと最初に説明された。

するとラジミールが、ちらりとこちらを向いて口を開いた。

「おい、もう一度魔法陣を張る。あの子供と同じように魔法陣を触ってみろ」

「はっ、何で俺が。ふざけんじゃねぇ」

「私は魔法陣を消せるのだから、やっても仕方がないだろう」

「ならお前の主に言えよ。俺は今、その魔法陣を信用してないんでな」

「黙ってやらないか」

睨み合う俺とラジミール。

そんな俺達の横をコレイションが通り過ぎると、ラジミールに早く魔法陣を張るように言った。

そして俺達の方を睨んできたのだが、俺は思わず剣を構えそうになったのを、なんとか抑える。

なんだ、こいつの魔力の圧は……今までにこんなに強い力を感じたことはない。こいつ、こんな力を持っていたのか？

「……分かりました」

少しの沈黙の後、ラジミールが魔法陣を張り、すぐにコレイションが魔法陣を触る。

やはり今回もきちんと魔法陣は発動し、コレイションは攻撃を軽く受け流しながら、魔法陣を払うようにする。

だが何も変化は起こらず、コレイションが頷くと、ラジミールは結界を消した。

「私が触れても、きちんと発動はするようだな。そして私が魔法陣を消そうとしても消えない。もう少し試してみるか」

その後、その辺で捕まえてきた魔獣を使い実験をしたが、全てきちんと魔法陣は発動をした。

「本当はもう少し実験したいところだが……とりあえず魔法陣に問題はないだろう。となれば、あの子供が原因か」

ラジミールはそう言って考え込む。

そういえば、おかしなことは他にもあったな。

魔獣に向かうはずの呪いが、ずっと子供と一緒にいる男と、初めて見た男を追いかけていたのだ。最初は小鳥を守っているからかと思ったが、よくよく見ているとそういうわけでもなく、しっかりと男達を追いかけていた。

俺は一応、それをコレイションに報告する。

「ほう、お前達の見た男達は、もしかしたら魔獣が人に変身している姿かもしれん。こちらも調べなければならないか……ジャガルガ、お前は残りの魔法陣を見張っていろ。それと子供を調べているらしいが、今近づくのはよせ、私がいいと言うまでは」

ちっ、バレていたか。仕方ねぇ。あの魔力圧を見せられたら、従わないわけにもいかんだろう。

だが俺が何度も言うことを聞くと思うなよ。

第5章　神様、女神様、そしてハリセン

「ワハハハハッ!!　それで手ではたいて消したと。相変わらずレンは面白いな！」

「おい、笑い事ではないんだぞ」

数日ぶりに、住処《すみか》を探しに行っていたドラゴンお父さん達が帰ってきました。いなかった時のお話をスノーラがしたら、ドラゴンお父さんは大笑い。

もう、スノーラの言う通りだよ。笑い事じゃないんだよ？

スノーラやルリ達、ブラックホードさんも狙われちゃって、他のみんなは攻撃を受けたんだから。

「はぁ、まったく。それで？　お前の方はどうだった？　住処になりそうな森は見つかったか？

それから問題の魔法陣は見かけたか？」

スノーラがそう尋ねると、今まで大笑いをしていたドラゴンお父さんが真剣な表情になって、話し合いが始まりました。

僕達は二人が話している間、ドラちゃんがお土産に持ってきてくれた、面白い石で遊ぶことにしました。一応話は聞いているけどね。

ドラちゃんが持ってきてくれた石は固くないの。持つとスルッと手から抜けてベチャッて。それ

から伸ばしたり切ったりもできるけど、くっ付けることもできて。こんなに柔らかくて切ることができるのに石なんだって。

でも面白いのはそれだけじゃないんだ。

なんと、叩きつけるとベチャッとした形のまま固まって、今度は普通の石みたいになっちゃうんだよ。それで時間が経つと、元のぐにゃぐにゃの石に。

そんな面白い石で遊びながら、スノーラ達の話も聞く僕達。

住む場所については、大きさ的にいい森はあったんだけど、あの変な気配。あれが濃くて今は住めないみたい。

それから魔法陣は見つかりませんでした。魔獣達にも話を聞いてみてくれたんだけど、誰かがいなくなったって話は出なかったって。

誰も攫われていないならそれでいいけど。知らないうちに連れ去られていたら……

「それにしても、誰がそのような魔法陣を作り出したのか。何重にも術が重なっている魔法陣など、そう簡単に作り出すことなどできん」

「それだけのものを作る人物が、またこの世界に現れたか……あの頃のように」

「確かにあの頃は、色々なものが作り出されていたな。あそこにはそれが残っておるのだろう」

「おそらくな」

「この時代に、また何者かが動き始めたか……」

その後もずっと話していたスノーラ達。

その日の夜、住処探しで疲れていたドラちゃん達はすぐに寝ちゃいました。

僕達も寝ようかと思ってたんだけど、スノーラが久しぶりに、僕のステータスボードが見たいって。

だから手伝ってもらって、ステータスボードを出しました。

［名前］レン　　　　　　　［種族］人間
［性別］男　　　　　　　　［年齢］二歳
［称号］＊＊＊
［レベル］1
［体力］1
［魔力］＊＊＊
［能力］回復魔法初級ヒール　契約者　その他色々　落ち着いた、待っている
［スキル］＊＊＊
［加護］＊＊＊

あっ、伝言だ。落ち着いた？　待っている？　何を？

スノーラがそれを見て「そろそろ行くか」って呟いてから、こちらを見ました。

それで、明日、このステータスボードに伝言をしてくる人に会いに行くかって言ってきました。

そう、僕をこの世界に連れてきた人ね。

「おそらく、最初はレン一人で話をすることになる。途中からは我も話に入れるはずだが」

僕一人？　とっても不安なんだけど、スノーラは最初から一緒じゃダメなの？

「一人は不安か？　だが我に聞かせられない話もあるだろうからな」

そっか、確かに地球の話は、スノーラじゃ分からないことばかりだもんね。

「レンが聞きたいこと、知りたいことは、ほとんど明日解決するはずだ」

スノーラはそう言ってニッコリ。

でもなんだか、どんどん不安になってきちゃったよ。

その不安な気持ちが伝わったのか、ルリとアイスが心配して僕の肩に乗ってきて、ほっぺにすりすりしてくれました。

スノーラも僕を安心させるように言ってくれます。

「大丈夫だ、そんなに心配しなくとも。それと、もし気に食わないことがあれば、気の済むまで怒ってやればいい」

怒っても大丈夫な人なの？

まぁ、僕は今、この世界でスノーラ達と出会えてとっても幸せだし、ローレンスさん達にも出会えて幸せだけど。でも急にこの世界に連れてこられたことについては、しっかり怒りたいよ。

何かモヤモヤしたままベッドに入る僕。

ルリ達といつも一緒だけど、今日はもっと僕にくっ付いて寝てくれて、それからスノーラも僕が寝るまで頭を撫でてくれました。

「……明日、どこまで話を聞くことができるか。はぁ……」

スノーラはちょっと不安そうだけど……色々考えているうちになんとか寝ることはできました。


「さぁ、行こう」

次の日、スノーラが言ったように、僕は僕をここへ連れてきた人に会いに行くため、ウインドホースに乗って、ローレンスさんの道案内でお屋敷から出発しました。

街の中心に行くんだって。ルリとアイスはお留守番ね。

ドキドキ、ドキドキ。今日は朝起きてからずっとドキドキしていたよ。

怖い人だったらどうしようとか、本当に僕の質問に答えてくれるかとか、色々考えちゃって。

そんなドキドキのまま、教会みたいな建物の前でウインドホースから降りた僕達。

中に入ったら、中も教会みたいになっていました。

椅子が並んでいて、前の方に祭壇《さいだん》みたいなものがあります。

祭壇の一番奥、他にもたくさん花が飾られていたけど、そこだけもっとたくさん花が飾ってあって、その中にお爺《じい》さんの像が立っていました。

全体的にとってもキラキラしていて、窓にはステンドグラスでしょう、床は大理石みたいなものでできていて、歩くととってもいい音がしたよ。

キョロキョロしていたら、祭壇の方から白いローブを着た人が僕達の方にやってきました。

自己紹介してくれて、クーリアスさんって名前なんだって。

彼に付いて、僕達は建物の奥に入っていきます。

「お待ちしておりました。申し訳ありませんが今日司教は出ておりまして」

「いつもの所か？」

ローレンスさんがそう聞くと、クーリアスさんは頷きます。

「はい、子供達と約束をしておりましたので、朝から大量の荷物を持ってお出かけに。ローレンス様には申し訳ないが、あちらが大事だと」

「はは、彼らしいな」

「ですがレン様には是非《ぜひ》お会いしたいと申しておりました」

「また今度はゆっくり時間を取ると伝えてくれ」

そんな二人の会話を聞きながら歩くうちに、ある部屋の前に到着。

スノーラとローレンスさんは、この部屋で僕を待ってるんだって。つまり、ここからは僕一人です。

僕はスノーラの洋服をギュッと握りました。

「大丈夫だ、怖いことなど何もない。しっかり話を聞き、しっかり奴に文句を言ってやれ」

そう言って、僕を送り出すスノーラ。早くお話を終わらせて、戻ってこようっと。

クーリアスさんと二人で歩き始めます。

それでね、歩いている最中に、この建物について聞いたんだ。

この建物はこの国で、ううん、この世界で一番信仰されている神様に、お祈りしたり話を聞いてもらったり、色々なことをする場所だって。うん、やっぱり教会みたいな場所だね。

お爺さんの像があったでしょう。あのお爺さんが神様で、ノクトリアス様っていうの。

廊下を一番奥まで進むと、そこにはとっても立派なドアがありました。

「この部屋は特別な部屋で、レン様お一人で入っていただきます。ですが私はドアのすぐ前に控えていますので、何かありましたらすぐに呼んでくださいね」

クーリアスさんが重そうにドアをギギギッて開けて、僕に中に入るように言います。

そしてさっき聞いた、側にいるってことをもう一回言われて、またギギギッてドアを閉めました。

部屋の中を見渡す僕。

最初入ってきた場所と同じようなお爺さんの像とか祭壇が、小さくなったものが置かれていました。

僕をここへ連れてきた人っていうのはいないみたいだけど、これから部屋に入ってくるのかなって思った僕は、とりあえず部屋の真ん中で待つことにしました。

それで部屋の中を観察しながら、部屋の真ん中まで進んだ時でした。

いきなりお爺さんの像が光り始めて、周りに飾られていた装飾もキラキラし始めたんだ。

ビックリする僕。

慌ててクーリアスさんを呼ぼうとしたけど、それよりも早く部屋全体が白い光に包まれて、僕は思わず目を瞑《つむ》りました。

『……ン、レン』

そして突然、僕を呼ぶ声が。

それは優しそうな女の人の声だったんだけど、それでも怖いのには変わらないからね。最初は何も答えなかった僕。

でもだんだんと声がはっきり聞こえるようになってきました。

『レン、いいえ、長瀬蓮君、目を開けてくれるかしら。大丈夫、ここは怖い場所ではないわ』

長瀬蓮、今そう言ったよね。

僕はそっと目を開けます。そして目の前に現れた光景にビックリ。さっきまでの部屋じゃなくて、僕は一面の花畑にいたんだ。

『長瀬蓮君』

今度は後ろから声がしました。

急いで振り返ったら、そこにはヒラヒラ、キラキラのシンプルなドレスを着ている、綺麗な女の人が立っていました。

『初めまして、長瀬蓮君。私は女神ルルリアです。あなたを待っていました』

女神ルルリア？　おお、女神様！

『本当はすぐに、あなたに会いに行ければよかったのだけれど。あのバカが色々やらかしてくれたおかげで、なかなかあなたに会いに行くことができなくて。本当に申し訳なく思っているわ』

ルルリア様はそう前置きして、今までに何があったか軽く話してくれました。

僕がこの世界へ来た時、本当はすぐに駆けつけてくれようとしてくれたルルリア様。

でもその原因を作った人が、他にも色々問題を起こしていて、それの対応にあたっていたから、僕の所へ来られなかったんだって。

でも少しでも何か手助けができればと思って、伝言でもいいから伝えなさいって、ルルリア様がその人を怒ってくれて。だから僕のステータスボードにもルリ達のにも、伝言がいっぱいあったみたい。

それと、僕をここへ連れてきちゃったお詫《わ》びに、ステータスを他の人よりもちょっとだけ、よくしてくれたみたいです。

お詫び……まぁここへ来た時から、それからスノーラが時々話していたことから、ちょっと嫌な予感はしていたんだけどね。

お詫びってことは、間違えてこの世界へ連れてきたとか、本当は別の人を連れてくるはずだったのに間違えたとか、そんな感じなのかな？　それで僕はもう元の世界に戻れないって感じで。

『あら、そんなことまで分かるの』

ルルリア様が驚いた顔をしています。

でも僕もビックリ、僕の考えていること分かるの？

『あら、ごめんなさいね。いつもは人の気持ちや考えを読まないように、気をつけているのだけれど。……と、これでいいわ』

変えられるんだね。別に変なこと考えていないから、僕の考えていること読んでもいいんだけど。

でもルルリア様、いい女神様だね。ちゃんと考えてくれて。

そんな話をしている時でした。ルルリア様の右手のブレスレットが光ります。

『そうね。そろそろ話を進めないと、時間が足りなくなるわね。でも私を急《せ》かすなんて、原因はあなたでしょうに。まったく、嫌になっちゃうわ』

ブツブツ文句を言い始めたルルリア様は凄く嫌そうな顔です。

でもすぐに僕の方を見たルルリア様の顔は、とっても優しい顔になってました。

『これから、あなたをこの世界へ連れてきた原因を作った人が来るわ。今までのこと、これからのことをしっかりと聞いてね。もしかするとあなたの気持ちと反することもあるかもしれない、怒りが込み上げてくることもあるでしょう……その時は遠慮《えんりょ》せず、思う存分不満をぶちまけて、気の済むまでやっちゃっていいわよ』

僕はしっかり頷きます。ルルリア様が言うなら大丈夫だよね。

ルルリア様が手を上げたら、その横に光の玉が現れました。

とっても眩《まぶ》しい光で、僕は目を細めて、それから手で光を遮ります。

なんとか目を瞑らないようにしていたら、だんだんと光の玉は縦長に大きくなって、ルルリア様より少し大きいくらいのサイズになると、最後にはフッと光が消えたよ。

そして光が消えたその場所には、あの祭壇のところに飾られていた像にそっくりなお爺さんが立っていました。

でも何かが違うの。銅像のお爺さんは、こうドンッとそこにいる感じで、洋服もピシッとしていて、威厳がある感じがしたんだけど。今目の前にいるお爺さんは、よれよれの洋服に、ボヤッとしたお顔で、だらっとしている感じなんだ。

『言いすぎじゃないかのう』

おお、喋った！　というかお爺さんも僕の考えていることが分かるの？

『この服については、昨日は久しぶりに仕事が全くなくてのう。ゴロゴロしていたらそのまま寝てしもうてな。それにさっき起きたばかりなんじゃ。ちと寝すぎたの』

『何ですか？　威厳がない、洋服がよれよれとでも言われましたか？　あとはだらっとしているとかかしら。まさにその通りではありませんか』

ルルリア様、僕の心読まなくなったはずじゃ？

『ああ、安心して。心は読んでいないわよ。でもこれくらいなら分かるわ。私もそう思うもの』

ルルリア様が僕にニッコリ笑いかけると、お爺さんが首を傾げます。

『お主、まだ怒っとるのか？』

『当たり前ではないですか！　さぁ、レンにしっかり話をして、そして怒られてください！　原因はあなたなのですから‼』

怒られてくださいって、もうルルリア様がかなり怒っているんだけど。

『そう怒鳴《どな》るでない。しかしそうじゃな、しっかり話さなければ……長瀬蓮、ワシはお前達が言うところの神じゃ』

急に本題に入ったお爺さん。僕が思ったこと、『やっぱりね』でした。

『何じゃ、驚かんのか。神様じゃぞ』

う〜ん、なんかね。そうじゃないかと思っていたし、それに女神様、ルルリア様に先に会っているし、別にそこまで驚かないかも。

『彼は既に色々勘付いていますよ。それに覚悟もしています。神様だって分かっているでしょう？それよりも、何か言うことがあるんじゃないですか。まずはしっかりと謝らねば。ねぇ、神様が原因ですものね』

冷たい声でそう言うルルリア様。

表情も笑っているけど、でも目は笑っていなくて。そんなルルリア様を見た神様は軽く咳払いをすると、次の瞬間。

『長瀬蓮、すまんかった。この通りじゃ!!』

僕ね、初めて見たよ。本とかでは読んだことあったし、アニメとかでは見たことあったけど本物は初めて。ルリ達にも見せてあげたかったな。それだけビシッと綺麗だったんだよ。

神様がしたこと。それはジャンピング土下座でした。

それはそれは見事なダイビングに見事な土下座で。ジャンピング土下座のお手本なんじゃゃって思いました。

僕、謝られたことよりも、それの方が気になっちゃったよ。もしかして神様、謝り慣れている？

『いや、そんなことはないぞい。謝り慣れているなど、そんなことは』

『勝手に心を読まない!!』

次の瞬間、ルルリア様が神様の頭をスパーンッ!! と、どこからかいつの間にか出したハリセンで叩きました。僕はそれにもビックリ。

『謝罪の最中なのですから、余計なことは言わないように！ レン、ごめんなさいね、こんなバカで』

『こんなバカとは何じゃ、ワシはか……』

ルルリア様はジロッと睨んで、自分の腕にハリセンを当ててパシパシッ!! とします。

神様はすぐに黙って、また地面におでこを付けました。

実はルルリア様が神様なんじゃ？

それからも本当に申し訳なかったって、土下座を続けた神様。

もう土下座はいいよ、それよりも話を聞かせて。

それでやっと立ち上がった神様が、僕がこの世界へ来た理由を話し始めました。

僕がこの世界へ来たあの日、とある人がここではない別の世界を救うために、今いるような空間に呼ばれていました。

神様はちゃんと理由を説明した後、その人が納得したら、その世界へ送る予定だったの。もしその人が嫌だって言ったら、他の人に頼むつもりで。

それで予定通り了解を得るとすぐに、その人は別の世界へ送られました。

でも、その時予定外のことが起きました。

神様がなぜか力を使いすぎちゃって、その力が溢れて色々な世界に広がったんだって。地球にもね。

そしてたまたま僕の部屋に力が流れ込んで、その力の作用で僕は若返ってこの世界へ移動させられたってことらしいです。

神様は最初気づかなかったんだけど、ルルリア様が気づいて、慌てて報告。

でももうどうしようもないから、神様やルルリア様、他にも女神様がいるみたいなんだけど、みんなが僕がこの世界で生きていくために、色々な力をくれたみたいです。

それで、事情を説明するために僕と話をしようとした神様なんだけど、他の世界に溢れちゃった力が、まだまだ残っていて、それの対処もしなくちゃいけないことに気づいたみたい。だって他にも僕みたいな人が出たら大変でしょう？

それから他にも、僕が地球からいなくなったことで、地球で歪《ゆが》みが生じそうになって、それの対処もしないといけなくなって。

またまた慌てた神様がふと僕の様子を見たら、この世界に来ちゃった僕に近づく者が。そう、それがスノーラでした。

神様はちょうどいいって思いました。

以前異世界人と関わりを持ったことのあるスノーラにならば、僕を任せられるって。

神様はすぐに、スノーラに僕を守ってほしいってお願いをしたそうです。それが、会ったばかりの時、慌てていたスノーラね。

こんな感じで、スノーラに僕を任せた神様は、女神様にもお願いして、世界の対処に当たりました。

それでもかなり時間がかかってね、すぐに僕に接触することができなかったの。それでステータスボードを、伝言板にしたんだ。

まぁ、間違いで、っていうのは考えていたけど、まさかここまで色々あったなんて思わなかったよ。

ちょっと神様、神様でしょう？　もうちょっとしっかりしてよ。どれだけダメダメなのさ。

『本当にレンには申し訳ないことをした』

なんか最初よりも少し小さくなったように感じる神様。僕は色々考えながらも、大事なことを聞いてみます。

「ぼく、かえりぇにゃい？」

そう、地球に帰れないか、それが聞きたかったんだ。

『……すまんのう』

それだけ言う神様。

そっか、帰れないのか。

でももしかしたらとか、こうすると帰れるかもとか、そういう曖昧《あいまい》なことを言われなくてよかったよ。

だって、その方がしっかりこの世界で生きていこうって思えるもん。それにもう僕には家族がいるからね。

でも一つだけ心配なことがあります。施設の小さい子達のこと。施設の職員にいいように使われないといいいんだけど。

『心配はそれかの？』

相変わらず考えていることを読む神様。ルルリア様にハリセンで頭をはたかれます。

「みんにゃ、ちんぱい。みんにゃ、ちあわちぇになりゅ」

『そうじゃの。その子供達が大人になってからは、その者の心掛け次第じゃが、それまでの間はワシが見守ろう。ワシの責任じゃからな』

よかった、僕、それだけが心配だったんだよ。

あの施設の職員達、意地悪な奴が多かったんだもん。でも、神様で大丈夫かな？　あんなに失敗して。

『ワシは神じゃぞ。それくらいなんてことは……』

『いつも色々やらかしますものねぇ。レンが心配するのも分かります』

『そんなに失敗はしとらんじゃろ！　今回のことは……』

ルルリア様に笑顔のまま見られて、すんっと前を見る神様。本当に神様、みんなを頼んだからね。

『それでじゃが……ここからの話はスノーラがいた方がいいじゃろ。レンのステータス、力について話をするからの。一度この空間から出るとしよう。うん、それがいい』

居心地が悪かった空気を変えるためか、ちょっと明るい感じでそう言った神様。

ルルリア様は睨みを利かせたまま、僕達の周りがちょっとずつ明るくなってきて、元の祭壇が置いてある部屋へ戻ってきました。でも、おかしなことが。

『ちゃんと戻れたわね』

『ふう、失敗せんでよかったわい』

そう、神様達が話す声は聞こえるんだけど、姿が見えないの。

『神様はこちらの空間にしかいられないのよ。だから今は声だけをそっちに聞こえるようにしてる状態なの。私は行き来できるからどちらでもいいのだけど。さぁ、レン、スノーラを呼んで来てくれるかしら』

「わかっちゃ」

僕はドアを開けようとするんだけど、でもやっぱりドアノブに手が届きませんでした。なので思い切りドアを叩いて、外で待ってくれているクーリアスさんを呼びます。

すぐにクーリアスさんがドアを開けてくれました。

「どうしましたか？　そんなに時間は経っていませんが、もう終わりましたか？」

「えちょ、しゅのーよぶ。おはなち、しゅのーもいっちょ」

「では、呼んで参りますので、お待ちください」

ニッコリすると、すぐに来た方へ歩いていくクーリアスさん。そしてスノーラを連れて、すぐに戻ってきました。

そしてまたクーリアスさんがドアを閉めてくれたところで、僕はスノーラに抱きつきます。

ふぅ、いつの間にかドキドキはおさまっていたけど、やっぱりスノーラがいると、とっても安心するよ。

抱きついた僕をしっかり抱きしめ返してくれるスノーラ。それから抱っこしてくれて、何か嫌なことを言われたり聞かれたりしたかって聞いてきました。

大丈夫だよ。僕が考えていたことが伝わったからちゃんとお話しできたし、それに地球に残してきた他の子のことも頼んだし。たぶん大丈夫だと思うんだけど……そう考えるとちょっと不安になってきちゃった。後でルルリア様に、しっかりお願いしなくちゃ。

僕が元気よく「だいじょぶ！」って言ったら、スノーラはちょっとホッとした顔をしたよ。

「えちょね、かみしゃま、おこりゃれちゃ。りゅりゅりあしゃま、ちゅよい。ふぃおーにゃしゃんみちゃい。はりしぇんで、パシッ!!　て」

「は？　はり？　何だ？　よく分からんが、あ〜、もしかしてあの頃のままか。そうだろうな、お前のことを考えればそうだろう」

ブツブツ言うスノーラ。

あっ、そういえば、スノーラは神様達のことを知っていたよね。ということは、神様とルルリアさんの関係も分かっているはず。あの頃のままってことは、昔からあんな感じだったのかな？

『来たな、今からこちらへ呼ぶ』

神様の声がして、部屋が明るくなって、僕とスノーラはもう一度あの花畑へ。

そして……また神様のジャンピング土下座から始まりました。

今度のジャンピング土下座はスノーラに対する謝罪。僕の面倒を強制的に任せてきたもんね。

ジャンピング土下座が終わったら、僕がここへ来た経緯を、サラッとお話ししたルルリア様。

僕が元々何歳で、どんな生活をしていて、なんてそういう話はしないで、神様が間違ったことについてだけ、しっかり話してくれました。

それから僕の力については、僕がある程度力のコントロールができるようになるまで、他の魔法は使えないようにしておくって。今の僕じゃ、体が力に耐えられないからって言ってました。

でももし使える魔法が出てきたら、その時は伝言板で知らせて、使えるようにしてくれます。

あと、加護もあるんだけど、それも今は秘密。それをもしローレンスさん達が見たら、大変なことになるからだって。

「経緯は分かった。最初はどうして我がと思ったが。安心しろ、レンのことはしっかり面倒を見る。もう家族だしな。そして力のことも分かった。だが、もしまた何かレンに間違いを起こしてみろ。その時はルルリアに……」

スノーラがそう言うと、ルルリア様はハリセンを手でパシパシッ！　神様はブンブン頷きます。

「よし、レンの話はここまでだ。我は他にも聞きたいことがある。まぁ、言わなくとも分かっていると思うが？」

『今回の事件についてじゃな』

「ああ。今回の事件、まさかアイツがいた頃のことと関係があるのか？　お前達も関係していた」

なんかみんな様子が変わりました。

ピリッとした空気になって、それに神様も、今までのダメダメな感じから、ピシッとした感じになったんだよ。

『確かにあの頃と同じことが起きようとしている。が、今回はワシらは無関係じゃ』

『もちろん、あれが起こり始めてから、私達もしっかり私達自身を調べたのよ。でも、今回は誰も何も関わっていない』

『これはお前達の世界の人間達が勝手に始めたこと。ワシは見守ることしかできん。それが自然の流れじゃからの』

「そうか。もしかしたらと思ったが」

『じゃがそうじゃの、手は貸せんが一つだけ教えておこう。今起きていることが、昔お主達が関わったことと、完全に関係がないとは言えんからの。あれから全ての流れが変わった。関係はないが、関係している、ということだけ伝えておこうかの』

ん？　どういうこと？　関係あるのないの、どっち？　スノーラも困っていたよ。

『すまんがの、これ以上は話せん』

「チッ！　はぁ、もういい。我に言えることはそれ以上ないなら、我らはもう帰るぞ」

え？　もういいの？　なんとかもっと詳しく聞かなくて大丈夫？

だって今の話は、スノーラ達が感じている変な気配や、魔法陣のことを聞いたんでしょう？

『そうじゃった。魔法陣のことについてじゃが』

もう何も言わなくても会話が成立してるよね。ルルリア様がハリセンで心を読んだ神様をはたいたけど、うん、もういいよ。話ができればそれで。

『アレについてじゃがなぁ。ワシにもよく分からんのじゃ』

「何だ、そっちに分からないなら、こっちはもっと分からないではないか」

『違うのよ。私達にもあの魔法陣は予想外の出現だったの』

神様にも予想外とかあるんだねって思ってたら、説明してくれました。

僕が今いる世界にも、元いた地球にも、もちろん他の世界にも、色々な未来があります。

一人一人の判断で、いい未来にも悪い未来にもなるし、どの未来に向かうかは、様々な道があって、それはもう数えきれないほどなんだって。

神様は基本的には手を貸さず、みんながどんな未来を進むのかを見守っています……もちろん、
神様のせいで何かが起これば手を貸すこともあるけど。

ただ、普通にこうなるだろうって思っていても、突然その未来が変わって、神様でも予想できないことが起きることがあるんだって。

今回のあの魔法陣は、神様は全然予想をしていませんでした。

ううん、予想どころか、あんなに危険な魔法陣が生まれるなんて、そんな未来は見たことがなかったみたい。急に現れた、そんな感じらしいです。

僕がこの世界へやってきた時、その時にたまたま魔法陣のことに気づいて、神様もルルリア様も

かなり驚いたらしいです。

しかもどのくらい危険なもので、誰が作った魔法陣なのか、それも最初は分からなかったって。誰が作ったかは後で分かったみたいだけど。

『それでのう、よくよく調べてみたらのう、ワシが見ているたくさんの未来の中に、新たな未来が生まれておった』

「それはかなりまずい未来か？」

『うむ。しかしその未来に進む確率はそう高くない。微かに可能性がある程度じゃ。しかしこれからのお前達の行動によっては……の』

「それなのに、我に何も教えられないと？」

『あの時のように、こちらに原因があったわけではないのでな。自然に生まれてきた未来じゃて、手は貸せんのじゃ』

「はぁ、そっちでも気づかぬものに我らが対処しろと？」

『生き物とは不思議なものでのう。いつの時代もワシの予想を超えてくる。いいことも悪いこともじゃ。もちろん皆が幸せに暮らすのはワシの願いじゃが……』

なんか魔法陣のことを聞いたのに、世界の未来の話になっちゃったよ。それだけ魔法陣が悪いものだってことだよね。

「分かった。とりあえず今回は我らはこれで帰る……と、忘れるところだった。あのステータスボードのことだが、あれはどうにかならんか？」

『無理じゃ。というかワシがアレを気に入った、だからまだ続ける』

「いや、気に入るとか入らないとか、そういう問題ではなくてな」

『心配するな。今度からお前達に連絡する時にだけ、表示するようにする』

『ごめんなさいね。神様ったら、ステータスボードに伝言が表示できるって分かってから、少しのことならみんなと関係が持てるって、気に入ってしまったのよ』

ハァ〜ッて、今日一番の大きなため息をつくスノーラ。ルルリア様も頭を横にフルフルしています。神様はフンッてそっぽを向いているけどね。

「ああ、もう分かった。それでいい」

あ〜あ、スノーラ諦《あきら》めちゃったよ。

そして今度こそ帰ろうとして、今度は僕がそれを止めます。

僕も忘れるところだった、ルルリアさんにお願いがあるんだよ。ちょっと待っていて。

「りゅりゅりあしゃま、おねがいありゅの」

『何かしら？』

ルルリア様は最後まで僕の心を読まなかったよ。

僕は施設の子供達のことを、もう一度お願いしました。神様のこと信じているけど、ルルリア様の方がしっかりしてるね。

ルルリア様はニッコリして「任せて」って。ありがとうルルリア様！

「あちょ、もひとちゅ、おねがいありゅ」

『あら？　何かしら？』

「えちょ、しょれ、ほちいの」

僕はルルリア様のハリセンを指差します。

ルルリア様がハリセン使うところを見ていたら欲しくなっちゃって。音もよかったし、それにルリ達にも見せてあげたくて。

「あにょ、もりゃえましゅか？」

『いいわよいいわよ！　いくらでもあげるわ‼　そうだわ、これじゃなくて新しいのあげる。神様に作っていたら、だんだんといいハリセンが作れるようになって、いっぱいあるのよ！』

ルルリア様は今日一番の笑顔になります。

それで空間に光の円を出して、その中に体を半分まで入れました。

それからこれがいいかしらとか、こっちの方がいい音がするとか聞こえてきます。

僕とスノーラが神様の方を見たら、神様は横を向いて口笛《くちぶえ》を吹いていました。神様、いつもどれだけ問題を起こしているの？

少しして光の円から出てきたルルリア様。

右手には真っ白で、ちょっとだけキラキラしているハリセンを持ってたんだけど、片方の手にも何か持っていました。

『こっちのキラキラしているハリセンはレンのよ。そしてこっちは』

片方の手に持っていたのは、小さな小さなハリセンでした。

『ルリとアイスの分よ。それからこっちの少し大きいものはドラちゃんの分』

何とルルリア様、急遽《きゅうきょ》ルリ達のハリセンを作ってくれたみたい。まさかみんなの分まで貰えるなんて。

僕はみんなのハリセンを受け取ってニコニコしながら、大きな声でありがとうをしました。

でも神様が、『そんなもの作るのが上手くなってものう』ってぼそっと言ったもんだから、ルルリア様に『誰のせいですか』って、あの怖い笑顔でハリセンをパシパシされていたよ。

『はぁ。では、元の空間に戻すぞい。また遊びに来るんじゃぞ。最近はルルリア達がうるさくて、ゆっくりできんかったのじゃ。お前達が来れば少しは……』

『さぁ、戻すわね。神様、後で話があります』

神様、どうして余計なこと言うの、ひと言多いんだよ。

さっきみたいに周りに変化が起きて、僕達はすぐに元の部屋に戻ってきました。

『それじゃあの』

『レン、また会いましょうね』

そうして神様達の声が聞こえなくなりました。

スノーラに神様に会った感想を聞かれて、ジャンピング土下座が綺麗だった、それから神様よりも女神様が偉い！　って言ったら、大きな声で笑われました。

最初はドキドキしていたけど、話ができてよかったです。ハリセンも貰えたしね。

また会おうね、ルルリア様！

「まったく、結局大事な話は、ほとんど聞けなかったな」

そう言いながら、スノーラがドアを開けると、クーリアスさんがニッコリ話しかけてきました。

「おや、終わりましたか」

軽く頷いて歩き始めるスノーラ。僕は抱っこされたままだよ。

「お疲れ様でした。レン様、こちらを」

クーリアスさんが僕に渡してきたのは小さな包みで、中身は星形の飴だって。

僕はニコニコ、スノーラにハリセンを持ってもらって、すぐに包みを開けて飴を舐《な》めてみます。

イチゴ味の飴だったよ。とっても美味しくて、ルリ達にも食べさせてあげたいと思った僕は、どこで飴を売っているか聞いてみます。

でもクーリアスさんは僕が言っていることを分かっていなくて、スノーラが代わりにお話ししてくれたよ。

この頃スノーラは前よりも、僕の言っていることを分かってくれます。慣れてきたって。でも時々違うことを言っているけどね。

それで飴だけど、教会の近くにあるお菓子屋さんで売っているみたいです。

帰りにスノーラが寄って、飴を買ってくれるって。

最近スノーラは森を見回りに行っているけど、その時についでに魔獣を狩ってきていて、かなりお金に余裕ができたんだって。

そうそう、街に来る前に話していた、僕用のサイズのテントのこと。

いつの間にかスノーラが、材料にするためのダークウルフを狩ってきていて、冒険者ギルドで綺麗に解体してもらっていました。今はお屋敷で干しています。少し干した方が、張りがよくなるんだって。

それから街でテントを作ってくれるお店があるから、今度その皮を持って、お店に頼みに行くんだよ。

皮はいっぱいあるから、僕用、ルリ用、アイス用、全部作ってもらって、三人用も作ってもらうの。もちろん、スノーラも一緒の四人用もね。

それでも皮は残りそうだから、それはスノーラがしまっておくって。

ふと、スノーラがクーリアスさんに尋ねます。

「どのくらい時間が経った？」

「一時間ほどです」

「いっぱいはなちちゃの」

「そうですか。たくさん神託を頂いたのですね。教会は秘密厳守ですので、レン様、スノーラ様が告げられた内容を聞くことはありません。ご安心ください」

そういうことなんだ。確かに聞かれたくない人もいるよね。話した内容が、個人的なことだったら尚更かも。僕も聞かれても困るし。

「我にとっては、あまり重要なことは聞けなかったが。まぁ、あまり変わっていなくてよかったと言うべきか。前よりも睨みは強くなっていたが」

ああ、ルルリア様のこと？　睨み強くなっていたの？

「……睨み、ですか？」

それを聞いたクーリアスさんが、ちょっと変な顔をします。でもすぐにニコニコに戻って、ハリセンを見てきました。

「そちらは？　初めて見るものですが、いつの間に持ってきたのですか？　何もお持ちでなかったと思うのですが」

「はりしぇん、もらっちゃの！　リュリュリアしゃま、ちゅくりゅのじょず」

「は？」

あれ？　また変な顔になっちゃった。どうしたの？

「もらっちゃとは、貰ったで合っていますか？」

「ああ、頼んだらくれたんだ。こっちの小さいのはその場で作ったと言っていたな」

「言っていた……作った……貰った？　そうですか……」

クーリアスさんはまた変な顔をしてね。

僕が聞こえるか聞こえないかくらいの小さな声で、まさかそんなことはあるわけないですねって言ったんだ。その後はニコニコのクーリアスさんに戻ったよ。

部屋の前まで来ると、スノーラに言って抱っこから下ろしてもらいます。

クーリアスさんがドアを開けてくれたら、勢いよく部屋へ入りました。

「ちゃじゃいま!!」

「おかえり、ずいぶん早かったな？　もっと時間がかかると思ったぞ」

「まぁ、レンの話が早く終わったのもあるが、我の方が予定よりも早く終わったからな」

ローレンスさんの言葉に、スノーラが頷きます。

クーリアスさんが、少しこの部屋で休んでから帰るか聞いてきたから、少しだけ休憩して帰ることにしました。

「ではお帰りの際に声をかけていただければ、外までお送りします」

そう言ってすぐに紅茶を用意してくれて、部屋から出て行ったよ。ゆっくりソファーに座る僕達。

「何も聞かないのか？」

「こればかりはな。神託は人それぞれに与えられるものだ、無理に聞くことはない」

「そうか。だがこれだけは話してもいいだろう」

スノーラは魔法陣のことや、変な気配について話しました。ローレンスさん達にも関係があるからね。

内容はそんなにはないけど、でもローレンスさんは話を聞いてすぐに納得。お屋敷に戻ったら、今までのこと、昔のこと、色々と見直してみるって。

その後は、僕に初めての神託はどうだったか聞いてきました。内容は聞かなくても、感想は聞きたかったみたい。

「私は初めての時は、とても不思議な感じがしたよ。自分の周りの空気が変わったというか、確かに部屋にいるのに、別の空間にいるような」

不思議な感じ？　確かに別の空間だったけど。

他には綺麗なジャンピング土下座だなって思ったのと、ルルリア様が神様よりも強いっていうのは分かったよ。あとは別に。

そういえば土下座って、この世界の人、土下座って分かるかな？

「うんちょね、じゃんぷごめんしゃい、きれいだった！」

「ジャンプごめんなさい？」

「しょれと、りゅりゅりあしゃま、とってもちゅよい！」

ローレンスさんの頭の上に、はてなマークが浮かんでる気がします。

僕の説明だと分かりにくいから、スノーラに説明してもらいました。

そうしたらローレンスさんが目を見開いて、ガタッ!!　ってソファーから立ち上がりました。

そして、神様とルルリア様にお会いしたのかって聞いてきました。

簡単にスノーラが説明すると、今度はがっくりソファーに座りこんじゃいました。

「……そうだった。スノーラ、君は昔会ったことがあると言っていたな。今回はまだ会っていないとも。はぁ、忘れていたよ。もしかしてそのことをクーリアスに話したか？」

「特には」

「そうか。しかしなぁ」

スノーラがどうしたのか聞くと、普通は神様や女神様と直接話をする人はいないんだって。神託として伝えてくる時も、普通は言葉が聞こえてくるだけなんだよ。

「昔はちょくちょく会っていたぞ。奴もヒョイッと姿を見せていたからな」

「今は違うんだスノーラ。今この世界で会うことができるのは、レンとスノーラだけだろう」

「なるほど、だからステータスを伝言板にするとか言っていたのか。昔みたいに会いに来ればいいだろうに。面倒な奴だな」

ガックリ、疲れた表情のローレンスさん。と、僕の持っているハリセンを見てきて、それは何だって聞いてきたよ。

「神を仕置きするための道具で、ルルリアが自ら作ったのだ。レンが気に入って、貰ってきたんだ」

僕のハリセンを持って、自分の腕をパシッパシッ！　って叩くスノーラ。

「このように使う。いい音がするだろう？　ルルリアは神が余計なことを言ったり、何か問題を起こしたりすると、これで頭を叩いていたぞ」

「会っただけではなく、ルルリア様から頂いたのか!!」

ローレンスさん、またビックリしていたよ。

それでビックリしすぎて、もう少し落ち着きたいって、もう一杯お茶を貰ってね。

それから僕達はクーリアスさんを呼んで、玄関まで送ってもらいました。

教会から出た後も、お菓子屋さんに寄った後も、お屋敷に帰っても、ローレンスさんはずっと疲れた顔をしていました。

僕は色々確かめることができてさっぱり。

話せて本当によかったです。これからはこの世界で、スノーラ、ルリ、アイスと、それからこのままこの街に残るなら、ローレンスさん家族と、楽しく過ごせたらいいなぁ。

◇　◇　◇

「ちゃじゃいま!!」

『おかえりなさい!!』

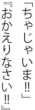

『早かったなの！』

『レン、おかえり！』

「おみやげありゅ!!」

屋敷へ帰ると、留守番をしていたルリとアイスが駆け寄ってきて、我、スノーラがそれぞれに買ってきた飴の入っている袋を渡せば、さっさと向こうへ行ってしまった。それに続くレン。もちろんドラにも買ってきた。

一応全員我にお礼を言っていたが、心は既に飴の方へと向いているようで、思わず苦笑してしまう。

フィオーナに一日二個までよと言われて、少しブーブー言っていたが。

さて、我はエンに、神から聞いてきた話を伝えなければ。

そうそう、エンというのはドラゴン父のことだ。エンシェントドラゴンでは長くて言うのが面倒だからな。まだここにいるのならと、エンと呼ぶことにしたのだ。

「ははは、相変わらずだったか」

我の話を聞いて、エンは笑いをこらえきれない様子だった。

「ああ。ルルリアはさらに強くなっているようだったが」

「本当に変わっていないな。で、レンの話は聞いたのか？」

「必要な部分はな。が、レンが元の世界で、どういう生活をしていたかは聞かなかった。話を聞いて態度を変えることはないと思うが、それでも余計な情報を知ってしまえば、気づかないうちに態度に出してしまうかもしれんからな。ならば聞かずに、今の関係を続けた方がいい」

「確かにな。お前達はもう立派な家族だからな」

「そうだろう。それで、神から聞いたことについてだが……」

今起きている出来事、これから起こるかもしれない未来について話す。

神からはこれといって聞けなかったが、よく分からないヒントと、今起きている出来事が、神でも予想外だったことは分かったからな。それだけでも少しは前進か。

「それだけか。しかも奴らでも気づかない異変となると、これはかなり厄介だぞ」

「ああ……まったく、何が起こっているのか、あいつが……マサキが命をかけて、この世界を守ったというのに」

魔獣を攫った犯人は捕まった。が、話を聞く前に口封じで死なれてしまい、他の仲間のことを聞くことはできなかった。

そして魔法陣についても、今のところ何も分かっていない。

各所に現れたおかしな気配についても正体は掴めず、レンの魔力で薄くなるということしか分かっていない。

魔法陣を使って魔獣を攫う事件と、謎《なぞ》の気配。

これを一緒に考えていいものか。それとも全く関係なく、たまたま起こったのが同時で、この世界の未来に関係があるのはどちらかだけなのか。

ただ、昔起こったことと、全く無関係ではないらしいというのがまた、ややこしい。

せっかく平和になったのだから、このままでいられないものなのか。

「ブラックホードにも伝えた方がいいな。なるべく早い方がいいだろう」

エンの言葉に我は頷く。伝えるのは早ければ早いほどいいか。

「そうだな、これからのこともある。我は今から奴の所へ行ってくる、レン達のことを頼むぞ」

「ああ。と、その前に。レンが大事そうに持っている、あの白いものは何だ？　子供達が気になっているようだが」

「ルルリアから貰ってきたものだ。後でレンが説明するだろう」

我は話を切り上げるとレン達の所へ。

そしてこれからブラックホードの元へ行くことと、森の見回りをしてくると伝える。

するとレン達はすぐに抱きついてきて、気をつけて行ってきてね、と言ってくれた。

「大丈夫、すぐに帰ってくる」

我はそう言うと、ささっと魔獣の姿に変身し窓から外へ出る。

そういえば昔のことと関係があるのなら、マサキと暮らしていた場所——今のこの国の首都でも、何か起きている可能性があるな。

見に行ってもいいが、そうなるとレン達と長い間離れることになってしまうので、それは避けたい。もし我が離れているうちにレン達に何かあったら……などと色々考えながら、我はブラックホードの元へ急ぐのだった。

◇　◇　◇

『ねぇ、ねぇ、レン、それなぁに？』

ルリが一個目の飴を舐め終わって、僕の横を羽で指しながら聞いてきました。

「んちょ、ちょっちょまちゅ」

待ってね。今、僕も飴舐めているから。

舐めながら遊んだら、途中で呑《の》み込んじゃうかもしれないし、口から出しちゃうかも。まぁ、口から出しちゃったら拾って、その場所を綺麗に拭けばいいけど。呑み込んで喉《のど》に詰まったら危ないからね。

というか、みんな舐めるの早いよ。じゃなくて、食べるのが早いよ。この世界の魔獣さんってみんなそうなの？

スノーラに買ってもらった飴を、みんなですぐに舐め始めました。

とっても美味しいって喜んでいたんだ。でも途中で、ボリボリ、バリバリ、それからカリカリカリって。

何の音？　って見てみたら、みんな飴を舐めないで噛《か》んでいたんだよ。ドラちゃんは二回噛んだだけで、飴は完璧にボロボロになったみたいで。もうなくなっちゃったって二個目を食べ始めてました。

ルリは最初、上手にクチバシに挟んで、クルクル回しながら舐めてました。でもその後は、飴の包み紙に飴を置いて、カカカッ！　ってキツツキみたいに突いて、粉々になった飴を突いて食べ始めたの。

アイスも最初は普通に舐めていたんだけど、お口の片方、リスみたいに膨らませて、バリボリ、バリバリ噛み始めて。そしてごっくん。二つ目の飴はご飯の後に食べるって言っていたけどさ。

『飴、二個まで。すぐなくなる』

『うん。すぐなくなっちゃうなの』

『もっと大きな飴があったらいいのに』

うん、だからね、飴は食べるんじゃなくて、舐めた方がいいと思うよ。だってそっちの方が、長い間美味しい飴を舐められるでしょう？

それでやっと飴を舐め終わった僕は、みんなにそれぞれハリセンを渡します。

この世界の人達はハリセンを知らないみたいで、フィオーナさんも、お兄ちゃん達も、いつもはあんまり興味を示さないケビンさんも、みんなが僕達の周りに集まってきたよ。

「ねぇレン、それどこで売ってたの？　僕見たことないんだけど。レオナルドは見たことある？」

「いんや、見たことないぞ」

「うんちょ、もりゃっちゃ！　りゅりゅりあしゃまが、ちゅくっちゃ」

僕が答えると、エイデンお兄ちゃんは首を傾げます。

「ルルリア様って、女神様のルルリア様よね？　ルルリア様が作ったってどういうこと？」

「何をお前達は言っているのだ？　今日レン達は会いに行ったのだろう？　そこでルルリアに貰ったに決まっているだろうが。で、レン、これは何だ？」

そう言ってドラゴンお父さんが割り込んできました。

そういえばスノーラ達はドラゴンお父さんをエンとか、エン様って呼ぶようになったけど、僕達はそのままドラゴンお父さんって呼んでいます。

だってエン様はちょっと。エンお父さんも変な感じがするし、ドラゴンお父さんのままがいいよねって、みんなと決めました。ドラゴンお父さんもそれでいいって。

そんなドラゴンお父さん、目がキラキラしているの。ハリセンに興味津々です。

「待って待って、確かに今日レンは教会へ行ったけど、お祈りと神託を受けに行ったんでしょう？　会いに行ったって、まぁ表現的には会いに行った、で合ってるのかもしれないけれど」

エイデンお兄ちゃんがそう言うと、ローレンスさんがすぐに説明してくれました。さっきスノーラに聞いたことをね。

その途端、お兄ちゃん達もフィオーナさん達も凄い顔に。いつも何を聞いても驚かないケビンさんまで目を見開いてました。

ま、いいか。詳しくは後でまたスノーラに聞いてね。

今はハリセンのことだよ、まずは見本を見せなくちゃね。

僕は立ち上がって、ソファーをハリセンで叩いてみます。

ぱしぃ～。

あれ？　なんか気の抜けた音になっちゃった。もう一回。

ぱしぃ～。

あれぇ？

「にゃんかちがう」

『こうやって叩くの？』

『やってみるなの！』

『僕も‼』

みんなが僕の真似をしてソファーを叩きます。

でも、ぱしぃ～、ぱしゅ～、ぱしゅ！　って、みんな気の抜けた音に。

一番いい音がしたのはドラちゃんかな？　それでもルルリア様みたいに、綺麗なパシッ‼　って音じゃなくて。

考え込む僕。それにつられて考え込むルリ達。

レオナルドお兄ちゃんが寄ってきて、やらせてくれって言いました。

僕のハリセンを渡して、お兄ちゃんがソファーを叩きます。

――パシッ！

近づいてきているけど、やっぱりルルリア様みたいな音じゃない。エイデンお兄ちゃんもダメでした。

やっぱりルルリア様がハリセンを使ってるところを見た方が、どうやって使うかしっかり分かるよね。う〜ん、でもハリセンのために教会に行くのは。スノーラ、できないかな？

そんなことを考えていたら、ドラちゃんからハリセンを借りたドラゴンお父さんが、ソファーをバシィイィッ!!　と叩きました。

そうしたら……ハリセンは折れて、ソファーは叩いた所から真っ二つに割れちゃったんだ。

『お、お父さん、僕のお土産壊した！　壊し……わあぁぁぁん!!』

ああ！　ドラちゃんが泣いちゃったよ。そうだよ、せっかくルルリア様から貰ったのに！

「こ、こわち……うえぇ」

『壊したなの！　レンがもらってきてくれたのに、壊したなの！』

『僕達のなのに！』

僕もせっかく貰ってきた、しかも作ってもらったばっかりのハリセンが壊れて、涙が勝手に出てきちゃったよ。ルリとアイスもつられて涙目に。ドラゴンお父さんはおろおろ。

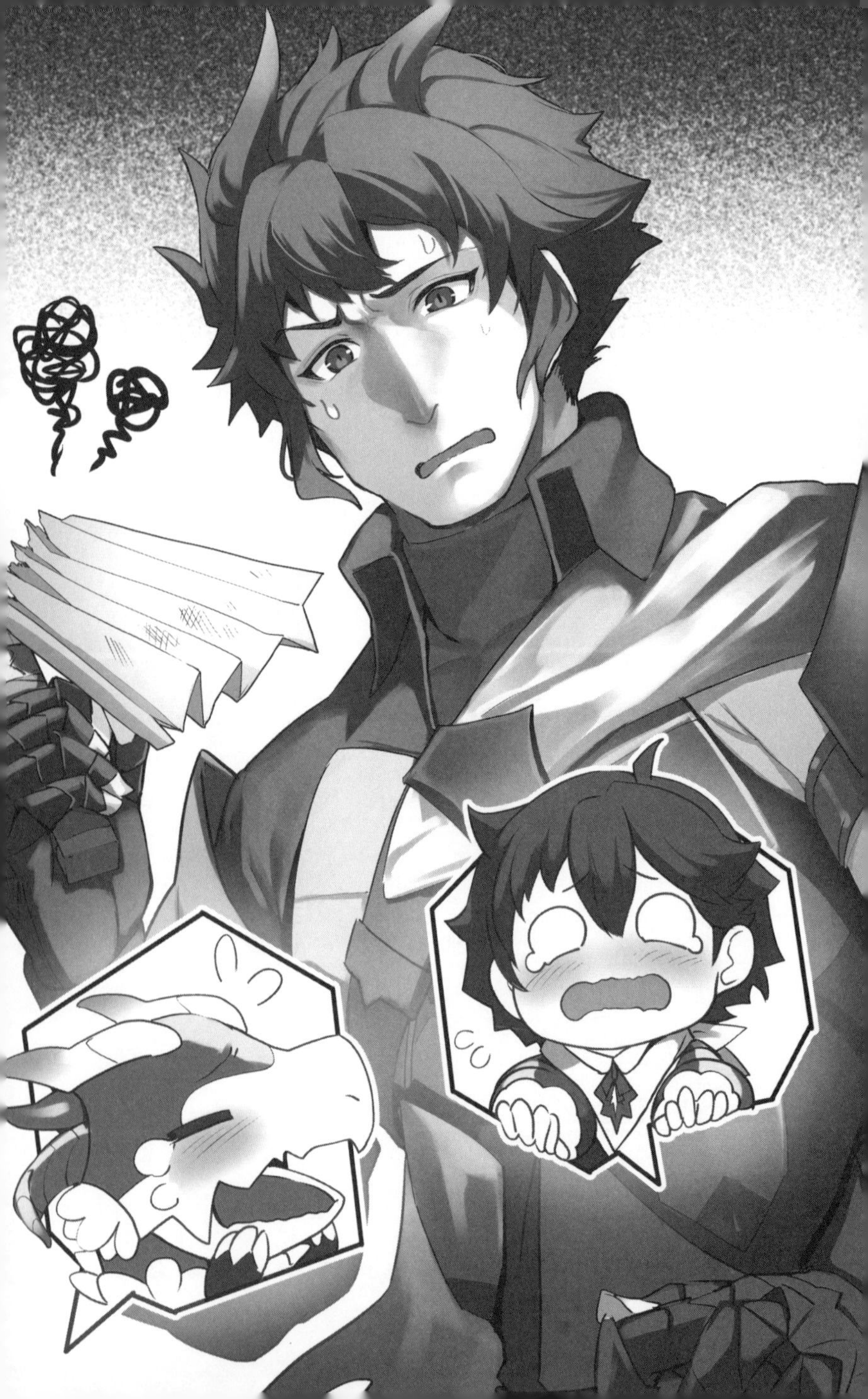

「す、すまん。壊すつもりでは」

『うわあぁぁぁん!!』

「こわちた……ふえぇ」

『壊したなの!!』

『壊した、いけないんだ!!』

泣く僕達、オロオロするドラゴンお父さん。

と、その時でした。

『まったく、何をやっているのよ』

この声、ルルリア様?

僕は部屋の中をキョロキョロ見渡します。ルリ達も。それからローレンスさん達は剣を構えて。たぶんローレンスさん達はルルリア様の声を知らないからね。

確かルルリア様は神様と違って、移動できる範囲が広いんじゃなかった? 神様は来られないとか言っていたし。ルルリア様、声だけじゃなくて、来てくれればいいのに。

『今行くところよ。あっ、心を読まないようにしなくちゃ。ちゃんと持ってきているか、確認しているからちょっと待っててね』

声の向こうで、ガシャン、ガサゴソ、けっこうな音がしていて、それが止まったら、『うん、これでバッチリね』って声が。

その後すぐに、部屋の真ん中に光の円が現れました。

ローレンスさん達が僕達を守るように、剣を構えたまま立ちます。ドラゴンお父さんは何をしているんだって変な顔していて。

それで光の円がどんどん大きくなって、そして最終的にはフィオーナさんくらいまで丸が広がったら、中からルルリア様が出てきました。教会で会った姿のままのルルリア様だよ。

『久しぶりね』

「ああ、最後に会ったのはいつだったか？　かなり前だったな」

やっぱりドラゴンお父さんも会ったことあるんだね。ルルリア様とドラゴンお父さんの会話に、ローレンスさんが警戒した表情で剣を構えたまま、「知り合いか？」って聞きました。

「何を言っている、女神のルルリアだ。教会に像があるだろう。ん？　そういえばルルリアだが、像のルルリアは少し姿が違っていたか？　最初に作った時、まだルルリアは姿を見せていなくて、間違って作ったと聞いたことがあったな」

「は？」

「え？」

ローレンスさん達は怖い顔から、ポカンとした顔に。

それからルルリア様を見て、ドラゴンお父さんを見て、またルルリア様を見て。

次の瞬間、剣をしまって、僕を含めた子供達とドラゴンお父さん以外の全員が片膝《かたひざ》をついて、胸に手を当ててお辞儀をしました。

どうしたの、急に？

ま、いっか。それよりもルルリア様どうしたの？　あっ、ハリセンのこと言わなくちゃ。ドラゴンお父さんが壊しちゃったって。

突然ルルリア様が現れたから、僕達の涙はひっこんでいたので、みんなでルルリア様の周りに集まります。

「りゅりゅりあしゃま、まちゃ、こんちゃ！」

さっきぶり！　まだ全然時間が経ってないけど、またまたのこんにちは。

『レン、知ってる人？』

「えちょ、こりぇくりぇちゃ、めがみしゃまの、りゅりゅりあしゃま！」

『女神のルルリア様なの!?　これくれた人なの！　こんにちは、ありがとうなの!!』

『『こんにちは!!』』

みんなしっかり挨拶です。それからすぐに本題に入りました。

「あにょね、こわちた!!」

『お父さんが僕の貰ったの壊したの！』

『ボク達のなに！』

『壊したなの！』

みんなでドラゴンお父さんを見ます。ドラゴンお父さんは今までの何でもない顔から、急に横を向いて焦った顔に。

『分かっているわ、様子を見ていたのよ。さっそく遊んでいたから調子はどうかしらと思って。そうしたらまったく！』

ルルリア様は僕達がちゃんとハリセンで遊べているか、神様達がいる世界から見ていてくれました。それでももし上手くできないようなら、教えに来ようって考えてたんだって。

そうしたらドラゴンお父さんのハリセン壊し事件が。それもバッチリ見ていたルルリア様は、急いでここまで来てくれました。

『急いで別のものを用意してきたのよ。はい、どうぞ』

ルルリア様が新しいハリセンを光の円から出して、ドラちゃんにくれました。みんなで一緒にありがとうをしたよ。

よかった、新しいハリセンが貰えて。

喜んでいる僕達の横を通って、ドラゴンお父さんの方へ歩いていくルルリア様。手にはハリセンを持ってます。

『あら、ごめんなさいね。先に声をかければよかったわね。さぁ、立って』

片膝をついたままのローレンスさん達に声をかけるルルリア様。

ローレンスさん達がちょっと躊躇《ちゅうちょ》しながら、それでもゆっくり立ち上がります。動きがとってもぎこちない。

何でそんなに緊張しているの？

『レン、みんなも、私が今から見本を見せるから、真似してみてね』

そう言ったルルリア様、隣にいたドラゴンお父さんの頭をスパーンッ!!　って。綺麗に叩きました。

ドラゴンお父さんは頭を押さえて「手加減しないか」って言うけど、ルルリア様は気にしません。

『何を言っているのよ！　子供達にあげたものを壊すなんて。だいたいあなたは何でもかんでもやりたがりすぎなのよ。昔からそう。壊して子供達を泣かせるなんてあり得ないわ！』

またスパーンッ!!　と叩くルルリア様。

僕達はすぐに、みんなで練習を始めます。ルルリア様によるハリセン教室が始まりました。

それぞれどこをどうしたら、ハリセンがいい音がするか教えてくれた後、ドラゴンお父さんの頭をスパーンッ!!　と叩くルルリア様。

ハリセンを壊した罰として練習に付き合いなさいって言われて、ルルリア様にハリセンで叩かれているんだ。

ドラゴンお父さんは最初、文句を言おうとしていたんだけど……ルルリア様の、顔は笑っているのに目は笑っていない顔で見られて、それからは何も言わずに叩かれています。

『――そうね、レンはもう少し頑張って力を入れるといいかもしれないわ』

「うん!!」

『ルリは足で持つのよね。角度をこう変えた方がいいかもしれないわ』

『分かった！』

『アイスはもう少し、こう持ってみて。そうしたらまた音が違ってくるわ』

『うん、なの!!』

『ドラはもうかなりできているから、あとはここをこう変えた方が……』

『やってみる!!』

『エイデン、あなたはもう少し強く叩けば大丈夫よ。レオナルドは力の入れすぎに注意よ』

そうそう、お兄ちゃん達もハリセンを貰ったんだよ。

ルルリア様が来てから、ほとんど動かないで、話もしなかったローレンスさん達。でも僕達が練習を始めてからお兄ちゃん達は、ソワソワ体を動かしてました。

そんなお兄ちゃん達に、ルルリア様がハリセンをくれたの。

お兄ちゃん達ね、最初は「ルルリア様から頂くなんて」って言っていたんだ。

でもルルリア様が『練習するわよ』って、さっさとお兄ちゃん達に渡してきて。貰った後のお兄ちゃん達はとっても嬉しそうな顔して、お礼を言った後は、僕達と一緒に練習しているんだ。

「う〜、パンッ!!」

『ふふ、レンは声がどんどん上達しているわね』

ぱしゅ〜！　って、ハリセンの音は相変わらずなんだけど、声にはハリが出てきた感じです。

僕はハリセンが上手になりたいのに、もう！

それからもいっぱい練習した僕達。ルルリア様が帰る頃には、最初よりは上手にハリセンを使えるようになりました。僕以外がね。

『あら、嫌だわ、もうこんな時間なのね。楽しくて時間を忘れていたわ、そろそろ帰らないと。あの人がまたそろそろ仕事をサボろうとし始めるからね』

あの人って神様だよね。神様、仕事をサボろうとしているの？

それを聞いたらね、なんか、神様にも書類仕事があるんだって。まさかの書類仕事。

神様は書類仕事が大嫌い。見張ってないとすぐにサボッてダラダラ。それで書類の山ができて、それが倒れて大変なことになるんだって。そうなる前にルルリア様のハリセンの出番です。

ルルリア様がソファーから立ち上がります。

壊れたソファー、ルルリア様が直してくれてね、元々綺麗なソファーだったんだけど、さらに綺麗なソファーに直してくれたんだ。フィオーナさんがたくさんお礼を言っていたよ。

『お茶、美味しかったわ。お菓子もね』

「今日はレン達のために、そしてソファーを直していただき、ありがとうございました」

ローレンスさん達がまた片膝をついて挨拶をしようとして、ルルリア様がそれを止めます。

『気にしないで、私も楽しかったわ。久しぶりに、人と直接長い時間関われたしね……』

ルルリア様が話している最中でした。

急に窓の方を見たルルリア様。みんなもつられてそっちを見たら、窓の縁《ふち》の所にスノーラがいて、ちょっと驚いた顔をしていました。

「なぜルルリアがここにいるのだ？」

簡単に説明するルルリア様、話を聞いたスノーラは大きなため息。

それでドラゴンお父さんを見て、「お前は何をしているんだ」って呆《あき》れてました。

「悪かったな、迷惑をかけた」

『いいのよ。今も言っていたのだけれど、私も楽しかったわ。じゃあ、そろそろ本当に行くわね。あの人を見張らないと』

ルルリア様はそう言って、光の円を出して、その中へ入ると、顔だけ出します。

『じゃあね、レン。みんなもまた会えたら会いましょう。教会にも遊びに来てね』

ルルリア様に手を振る僕達、ローレンスさん達はまたあの挨拶ね。

それからルルリア様は手を振りながら、だんだんと光の円は小さくなっていって、完全に消えました。

その途端、ソファーにドサッと座るローレンスさん達。何かとっても疲れてるみたいです。

僕達はすぐに練習を再開しようとして……ルルリア様の声が聞こえました。

『言い忘れたわ。それ、上手に使えるようになったら、武器としても使えるから頑張ってね。まぁ、それについてはまた今度話しに来るけど、じゃあ今度こそ本当にさようなら』
部屋の中がし～んとなります。ルルリア様、また遊びに来てくれるのかな？

そんなわけで、ルルリア様がお屋敷に来てから数日、ローレンスさんのお家でだけだけど、ハリセンブームが続きました。

なんと驚くことに、セバスチャンさんがハリセンを作ってくれたんだよ。

でも、今までこの世界になかったものだから、街の住人に知られると面倒だって、今はお屋敷の中だけでだけハリセンを使っていいことになってます。

お屋敷の中では、パンパンッ！　みんなのハリセンを練習する音がずっと聞こえています。

武器としても使えるって言っていたよね、頑張って練習しないと。それで今度教会に行ったら、ルルリア様に見てもらうんだ。

第6章　洞窟探検と報酬二倍

神様に会って数日。

スノーラ達は話し合った結果、そのまま森も街も継続《けいぞく》して調べることにしたみたいです。

ブラックホードさんもペガサスの子が帰ってきて、今度は異変を調べることだけに集中できるって。

ただ、魔法陣も、スノーラ達が感じる嫌な気配も、変わりはありません。

魔法陣は見つかっていないし、変な気配も僕がいる場所は薄くなっていて、他は今まで通り。

時々、僕も一緒に調べに行くんだよ。魔法陣を見つけられるのは今の段階で僕だけだから。

その調査に行く以外は、僕がやることもいつも通り。

ブラックホードさんが時々、みんなを連れて遊びに来てくれたり、依頼を受けずにただ遊ぶために街から出てみたり。

それで今日は、スレイブさんと洞窟に来ています。

「それではいいですか。しっかり私に付いてきてくださいね」

昨日、ローレンスさんに調査の報告に来ていたスレイブさん。

その時たまたま僕達は近くにいて、今日洞窟に行くっていう話を聞いたんだ。

この洞窟は街から一番近い場所にある洞窟で、一般人でも簡単に中を探検できるような洞窟なの。

スレイブさんはこの洞窟に、剣を磨くのに必要なクリーム？　みたいなものの材料を取りに行くって。

クリームに必要な材料は洞窟に生えている苔《こけ》。

その苔は、どの洞窟にも生えているんだけど、この洞窟が一番街から近いから、森の様子を確認しながら、よく行くんだって。

作ろうとしているクリームは、ギルドに無料で置いてあります。質がいいものは買いに行かないとダメだけど。少し磨けばいい剣は、ギルドのクリームを使えば大丈夫。みんなけっこう使うみたい。

それを聞いた僕達は、スレイブさんに付いていっていいか聞きました。

最初に住んでいた洞窟を出てきてから、まだ一回もどこの洞窟にも行っていないし。ルリも最近、洞窟に行きたいって言ってたしね。

一般の人達が簡単に入れる洞窟なら、僕達でも行けるんじゃって思ったんだ。

「私はいいのですが……」

スレイブさんがスノーラを見ます。

「あの辺は何回も調べたからな、それにレンも何も感じていないから大丈夫だろう。だがお前の邪魔にならないか？」

「いいえ、いつもの苔を取りに行くだけですから」

「お前が思っている以上に、レン達は色々やらかすぞ？」

「大丈夫ですよ。対処しますから」

「本当に分かっているのか？」

と、なんとか一緒に付いていくことを許してもらって、今日洞窟に来ることができました。もちろん、スノーラも一緒だけどけどね。

そうそう。ちょっと前から、スレイブさんもギルドでハリセンを使うようになりました。ギルドマスターの部屋にいる時だけだけどね。

お屋敷がハリセンブームの中、ローレンスさんに報告に来たスレイブさんが、僕達が廊下でハリセンをパシパシしながら歩いているのを見て興味を持ったみたい。

ローレンスさんにハリセンのことを聞いて、セバスチャンさんから受け取ったスレイブさんは、そのまま使い方も習って、その日のうちにマスターしてました。

そしてもちろんハリセンを使われるのは……ね。スレイブさんが帰ってから、あの人から苦情がきたよ。

そう、ダイルさんね。余計なものを渡さないでくれ、だってさ。

そんなことを思い返していると、スレイブさんが洞窟の前でこちらを見て口を開きます。

「せっかくですから、色々説明しながら行きましょう。もしかすると依頼で洞窟に来るかもしれませんしね」

どんな依頼があるのかな？　子供用の依頼、この頃すぐになくなっちゃって。人気があるんだよ。

『依頼少ない。アイスまだやったことないの』

そう、アイスはまだ、依頼を受けたことがありません。ドラちゃんもね。

依頼がなくて、仕方なくて冒険ごっこで街の外には出たけど、本物はまだなの。

「すみません。今は一年で一番日が長い時期で、ゆっくり依頼を受けられるので、いつもよりも子供用の依頼を受ける家族が増えるんですよ。来週には子供用の依頼をまた準備しておくので、お待ちくださいね」

今はとっても暑い季節。地球でいうと真夏で、一年の中で日が長い季節なんだよ。

「そうですね。洞窟に慣れたら、私が特別な依頼を出しますから、それをやりますか？」

特別な依頼!?　やるやる!!

僕もみんなもピョンピョン飛び跳ねて、スレイブさんとスノーラの周りをグルグル。

僕はスレイブさんとスノーラと手を繋いで、ルリとアイスは僕の肩に、ドラちゃんは人型になってスノーラと手を繋いで、みんなで洞窟に入りました。

洞窟の中に入ってすぐに、ランタンを出したスレイブさん。

ランタンの中には、ライトみたいな鉱石が入っていました。

人それぞれ明るくする方法は違って、火で明るくする人、光魔法で明るくする人、今のスレイブさんみたいに鉱石を使う人。いろんな人がいるんだよ。

スレイブさんは魔法が得意なのに、何でライトなのかな？

そう疑問に思って聞いてみると、すぐに答えが返ってきました。

この洞窟は空いているとはいえ他に人もいて、それぞれやっていることが違います。

特に、明るいと見つからない素材があるみたいで、そういったものを探している人がいると、光魔法だと明るすぎて迷惑になるんだって。もちろんスレイブさんは魔法が得意だから、光を強くしたり弱くしたりはできるけど面倒みたい。

「ちょうどいいものがありましたね。見ていてください」

スレイブさんが壁の方に近づいて行きます。

いいもの？　壁には何もないけど。

ルリとアイスに聞いてみたけど、やっぱり何もないって。ドラちゃんは何かの匂いはするけど、それが何か分からないって言いました。

スレイブさんはそんな僕達の反応を見てニコニコしながら、光を遮断《しゃだん》する特別な布をランタンにかけます。

他の人のランタンもあるから、周りは真っ暗とまではいかないけど、けっこう暗くなりました。

「レン、皆も壁をよく見てみろ。そろそろ見えてくるぞ」

じっと壁を見つめていると……あっ!!　今まで何もなかった壁の所に、小さなキノコが見えました。

とっても小さくて白くて、マッシュルームみたいなキノコです。それからキノコ自体がちょっとだけキラキラしていて、なんか不思議でした。

「きにょこ、でちゃ!!」

『わぁ、どうして？』

『何で急に出てきたなの⁉』

「クンクン、あっ、これの匂いだ‼」

「ふふ、これが今お話しした、明るいと見つからないものの一つですよ。このキノコは食用で、よく料理人が取りに来るのですが、先程のように明るいと見つけることができないのです。ですがこうして、明かりを消すと見えるようになる」

こういう素材もあるから、そういうのを探しても面白いですよって、スレイブさんは教えてくれました。それに洞窟だけじゃなくて、外にもこういう素材があるみたいです。

このキノコ、取ってもいいかな？

そう思って、スレイブさんに聞いたら、取りすぎはダメだけど、少しならかまわないって言ってくれました。

そっか、ちゃんと一回に取ってもいい量は決まっているんだ。いくらでも取ったら、素材がなくなっちゃうもんね。

ちなみにこのキノコは、軸《じく》を少しだけ残すように取ると、明日には新しいキノコが育っているって。凄いねぇ。

キノコを取るのが初めての僕。スノーラと一緒に取ってもらおうと思ったんだけど、スノーラも軸を少し残してっていうのは初めてみたいでした。

「我は丸ごとただ食べているだけだったからな」

「では私とやりましょう。スノーラも覚えておきなさい。これからレン君と依頼をしに来るのなら、こういうことも覚えておかなければ。ルリ達も一個ずつ一緒に取りましょうね」

スノーラも勉強です。小さなナイフをカバンから取り出したスレイブさん。

「いいですか、ナイフを使いますから気をつけて。レン君達はまだ刃物は早いので、もし今回のように使う時があれば、必ず大人とやるようにしましょうね」

「うん!!」

『はい!!』

『はいなの!!』

「は〜い!!」

「さぁ、一緒にナイフを持って。そうです、しっかり持ってくださいね」

ドキドキしながらナイフを持つ僕。

僕の手の上からスレイブさんが、しっかり僕の手とナイフを握ってくれました。

キノコも二人で一緒に持って、壁からスレスレの部分にナイフを当てたら、そっと動かします。

そしたらね、面白い音がしたよ、キュッキュッって。

何回かナイフを動かしたら、ポロッとキノコが取れました。

そしたらキノコから、松茸《まつたけ》の匂いがしたんだ。今まではドラちゃんが、ちょっとだけ分かるくらいの匂いだったのに。

「キノコに限らず他のものでも、切ったり裂いたり擦ったりすることによって、匂いが強くなるものもあるのですよ。さぁ、ちゃんと軸を残して取ることができました。レン君成功です！」

「しぇいこ！　やっちゃ!!」

取ったキノコはすぐに布の袋に入れます。その後も順番に、スレイブさんとキノコを取っていくルリ達。

その隣では少しの間、僕達の様子を見ていたスノーラが、別の場所に生えていたキノコの方へ行きました。

そうしたら、スノーラはナイフを使ってないのに、ポロッとキノコが壁から落ちました。壁にはちゃんと少しだけ軸が残っていたよ。風の魔法を使ったんだって。

数分後、全員が綺麗にキノコを取ることができて、僕達はみんなで『やったぁ!!』のシャキーンッ!!　のポーズをしました。

それからスレイブさんがランタンのカバーを外して周りは明るくなったけど、取ったキノコは見えたまま。壁に残っている茎は消えたけどね、取った後は消えないんだって。

似たような素材の中には、取った後に見えなくなるのもあるそうだけど、このキノコは見えた方がいいよね。ご飯の時とか困っちゃうもん。

その後も色々と教えてもらいながら洞窟を歩く僕達。

この洞窟に一般人がよく来るのは、強い人を襲う魔獣さんがいないからなんだって。

小さい無害な魔獣は時々見かけるけど、みんな人のことが大好きな魔獣ばっかり。わざわざお菓子を持ってきてあげる人達もいるみたい。

それから、この洞窟には危険な場所は一切なし。横道もないから、ただ道なりに歩くだけ。

一周すると、入口に戻ってくるようになっています。だから時々子供の依頼に、この洞窟を使うこともあるんだって。

それを考えると、前に住んでいた洞窟には、所々に危険な場所があったかもしれません。

尖った岩ばかりの場所に、ツルツル滑って、全く前に進めない場所。天井に岩の氷柱がいっぱいできていて、それが突然落ちてきて、地面に大穴が開くとか。

でもここは、そういった場所が全くないの。岩とかちょっとした水溜まりはあるけど、基本的に平らです。まぁ、洞窟だから、地面がゴワゴワしていて、ちょっと歩きにくくはあるけど。

「そういえばレン君は、洞窟を歩くのが上手ですね。小さな子はよく転ぶのですが」

だって僕、この世界に来て最初に暮らしたのが洞窟だからね。

スノーラがそのことを話したら、スレイブさんはなるほどって納得していました。

そのままどんどん奥に歩いて行く僕達。

スレイブさんが取りに来た苔は、ちょうど洞窟の中間くらいにいっぱい生えているそうです。

色は青で、さっきのキノコみたいにキラキラしているから、すぐに分かるみたい。洞窟の中にはキラキラ光っているものが多いんだって。

「さぁ、もうすぐですよ……ほら、見えてきました」

じっと前を見ると、何人か作業をしている人達がいて、それから壁一面にキラキラしたものがあります。

もっと近づくと、そこは小さな広場みたいになっていて、壁一面に色々な苔が生えていました。

この場所が一番苔が多く生えている場所で、しかも種類がいっぱいだから、何か必要な苔がある場合、ここに来るのが一番なんだって。

採取《さいしゅ》の仕方は、苔によって色々だけど、ヘラみたいなもので剥《は》がせばスッと取れるらしくて、僕達でも簡単にできるみたい。

しかもさっきのキノコみたいに、一部分を残さなくても明日には生えてくるから。残すことを考えずに取ることができて、僕達みたいな練習中の小さな子にはちょうどいいんだ。生えるのが遅いものでも、二〜三日後には復活します。

それでね、なんとスレイブさん、僕達一人ずつに、ピッタリサイズのヘラを持ってきてくれてました。しかもプレゼントだって。

「しゅれいぶしゃん、ありがちょ!!」

『ありがとう!!』

『ありがとなの!!』

「ありがとうございます!!」

「いいえ。これくらい。こういうことは初めてでしょうし、せっかくですので、楽しい体験をしてもらいたいですからね」

せっかくヘラを貰ったんだから、頑張らなくちゃ！

「それではいいですか？　最初に私がやりますので、しっかり見ていてくださいね」

スレイブさんが自分のヘラを、青色の苔と壁の間に入れて、ちょっとヘラを上に持ち上げます。

そしたらヘラの入っていた部分だけじゃなくて、その周りの苔も一緒に、ぺりぺりって壁から剥がれました。

それから剥がれた苔を軽く掴んだスレイブさん。そのまま引っ張ったら、またぺりぺり苔が剥がれて、青色の苔の部分だけ綺麗に壁から剥がれました。

本当に綺麗に剥がれたの、壁に少しも苔が付いていないんだよ。

「どうですか？　このように簡単に、綺麗に取ることができるのですよ」

「しゅごいねぇ」

『綺麗！』

『ペリペリ剥がれたなの！』

「本当に簡単そう！」

「ですが、注意も必要です」

「悪いな」

剥がす時に力を入れすぎると、途中で苔が切れたり、ボロボロになったりするんだって。

スレイブさんがわざと力を入れると、苔がすぐにボロボロになっちゃいました。

カバンから小さいチリトリみたいなものを出して、ボロボロの苔を集めます。その間にもポロポロになっちゃう苔も。

「どうですか？　こうなると集めるのも片付けるのも大変になって、時間がかかってしまいます。ですからなるべくそのままの形で取って、持ち帰るんですよ。もちろん、ボロボロになっても使えはするんですけどね」

わわ、簡単だと思ったけど、今のを見たら難しく思えてきちゃったよ。僕、上手に剥がせるかな？

「さぁ、ではやってみましょう。レン君達は初めてですからね、ボロボロになっても大丈夫ですよ。時間もあるのでゆっくりやりましょう。この後は、私が出す依頼もありますが、時間はありますからね」

そう、それもやるから、頑張ってやらなくちゃ。

僕達は青色の苔が集まって生えている場所に行って、それぞれ取る場所を決めたら、いよいよ苔を取ります。

緑の苔が隣に生えていたんだけど、その緑の苔と青色の苔の境目に、僕はそっとヘラを入れます。

そうしたら手にサクッていう感覚があって、ちゃんと中に入ったみたい。

全然力は入れてなくて、本当に簡単に刺さったんだ。

次はちょっとヘラを持ち上げて——ペリッ!!

あっ、剥がれた！　ちゃんと剥がれたよ！

よし、この調子で、もう少し僕が掴めるくらいまで剥がして……ここまではいい感じです。

「レン君、そろそろ引っ張って大丈夫ですよ。他の皆さんもそろそろいいでしょう。そっと引っ張ってみてください」

周りを見たら、ルリ達もちょっと剥がすところまで終わっていました。

ドラちゃんは人の姿だから、ヘラを持つのは楽かもしれないけど、やっぱりドラゴンさんだから力が入りすぎたらどうしようかなって、やる前に言っていたんだ。でも綺麗に、少しだけ剥がしていました。

ルリはクチバシと足、両方を使って、上手にヘラを動かしながら剥がしていて、時々羽も使っているんだ。

アイスもヘラを上手に使って、でもちょっとヘラでやりにくかったところもあったみたい。その時は足でひょいひょいってして、やっぱり上手に苔を剥がしていました。

僕は両手で苔を持って、自分の方に向かって、そっと苔を引っ張ります。

ペリペリ、ペリペリ……と、半分までは切れないで綺麗に剥がせました。

ちょっとだけ休憩。汗かいちゃってたから、スノーラが少しだけ風魔法で涼しくしてくれたよ。

ふぅ、気持ちいい。あと半分、頑張ろう！

そっと、そっと。あともう少し。ここまで綺麗に剥がせたんだから最後まで。そして……

「とれちゃ‼」

『ボクも‼』

『取れたなの‼』

「僕も取れた‼」

「上手に剥がせましたね。ではこの袋に入れてください」

みんな綺麗に苔を剥がすことができました。

僕が初めて剥がした苔は、僕の顔くらい大きかったよ。

スレイブさんが持っている袋に、順番に入れていきます。

それで僕が最後に入れたんだけど……あれ？　みんなが剥がした分と、最初にスレイブさんが剥がした分が入っているはずなのに、三倍くらいの苔が袋に入っている？

「何を見ているんだ？」

「ふくりょ、いぱい」

「ああ、お前達が剥がしている間に、スレイブがさっさと剥がしていたからな」

え？　こんなに？

確かに僕達は遅かったかもしれないけど。それに、僕達が剥がしている間、スレイブさんは僕達の後ろで、僕達に教えてくれていたよね？　いつ剥がしたの？

もう一つ取ってくださいって言われた僕達。それが終わったら、スレイブさんからの依頼があるんだって。

気になったけど、その後も頑張って苔を剥がしました。

少しして、最後に僕が苔をしまって、苔を集めるのは終了です。

僕達が二個目を剥がしているうちに、袋は二つになっていたよ。

スレイブさん、どれだけ剥がすの早いの？　僕、自分のやるのに一生懸命で見られなかった。今度また一緒に来て、見せてくれないかな？

「皆さん、ありがとうございました。これだけ集まれば十分です」

スレイブさんの言葉に、ルリ達もスレイブさんと袋を何回も見ていて。

多分ルリ達もおかしいと思ったんだろうね。ルリとアイスが、こう剥がして、こう引っ張って、後ろ見たら袋いっぱい、ってブツブツ言っていたよ。

「さぁ、これからは私からレン君達に依頼ですよ。せっかくですので、依頼書を作りました。本来は受付でやるチェックは私が済ましていますから、このまま依頼ができますよ。スノーラに読んでもらって、しっかり依頼をしてくださいね」

何とスレイブさん、僕達が苔を剥がしている間に、苔取り以外に依頼書まで作ってくれていたの。

「しゅのー、よんで!!」

『早く依頼!!』

『わぁ、僕初めてなの!!』

「僕もだよ。頑張らなくちゃ!!」

「分かった分かった。よし、読むぞ」

そう言って、スノーラは紙に書かれた文章を読みます。


レン、ルリ、アイス、ドラに緊急依頼をお願いします。

苔がたくさん生えている場所の、全ての種類の苔を集めて持ってきてください。

全部で八種類あります。苔を剥がした時にボロボロになってしまっても、少なくても大丈夫です。

全部集めたらスレイブの所まで。


読み切ったスノーラは、辺りを見回しました。

「確かにここには八種類の苔が生えているな。色々な場所を探してみろ。色や形、光り方が違う。よく見るんだぞ」

スノーラの言葉で、すぐに依頼開始です。

みんなバラバラの場所を探すけど、剥がした苔を集める場所は決めました。

剥がしたらそこに持ってくる、剥がしたら持ってくるって。

溜まったら確認して、同じ種類は同じ種類に分けて、足りなかったらまた探すんだよ。

まずはさっきの青い苔でしょう、それから僕が剥がした場所には緑の苔があったから、それを剥がそうかな。

僕はさっき苔を剥がした場所へ行って確認。うんうん、あるある。

すぐに二つの苔を剥がします。少しでいいって書いてあったから、さっきよりも緊張しないで剥がせました。

剥がした苔はスノーラの前に。そう、集める場所はスノーラの前なんだ。

スノーラの所に行ったら、黄色の苔が置いてありました。ルリが持ってきたって。

それから青色の苔も。青色の苔がダブっちゃったよ。でもしょうがないよね。気にしないでどんどん集めなくちゃ。

僕が別の場所に行こうとした時、アイスが戻ってきました。

アイスもやっぱり青色の苔と、赤色に光っている苔を持ってきました。そんな苔もあるんだね。

それからドラちゃんも来て、手にはいっぱいの苔が。青、黄色、緑に白色の苔を持っていたよ。

『あらら、みんなと一緒になっちゃった。でも、白はないよね』

苔を置いて次の場所へ行くドラちゃん。僕も次の場所へ行きます。

今見つけた苔は、青、緑、黄色、赤色に光っている苔、そして白色の苔。全部で五種類です。

あと三種類、もうちょっとだね。

でもそのもうちょっとが大変でした。

どこかなぁ？　どこかなぁ？

少ししたらアイスが僕を呼んで、僕の頭に乗らせてって。行ってみたら少し高い場所に、黄緑色の苔が生えてました。

「どじょ！」

すすって僕の頭に上ったアイス。そしてヒョイと苔を剥がして下に降りました。これで六種類目です。

『何してるの？』

ルリがこっちに飛んできました。それで今の苔のお話をしたら、もっと高い場所を見てきてくれるって、すぐに飛んでいくルリ。

これがよかったんだ。高い場所にばっかり生えている苔があったの。

しかもちょっと変わっていて、赤と青が混ざっている苔だったんだ。

そのまま両方の苔を持って、一回スノーラの前に集まった僕達。

これであと一種類です。

「どこかなぁ？　向こうは同じ苔ばっかりだったよ」

『上も、同じ色ばっかり』

『見つからないなの』

「みちゅかりゃにゃい」

そんな僕達を見て、スノーラがアドバイスをくれます。

「お前達、今日やったことをよく思い出してみろ。何をどうやったか思い出すんだぞ」

何をどうやったか？　う〜ん。一生懸命考える僕達。苔をボロボロにしないように、そっと剥がして。その前のキノコを取る時は、周りを暗くして、明るいと透明《とうめい》になるキノコを、見えるようにしてから取ったよね。

……ん？　暗くして？　あっ！

「くりゃくしゅる!!」

僕がそう言うと、みんながどうしてって。

さっきのキノコみたいに、暗くないと見えない苔があるんじゃないかって、一生懸命説明する僕。そうしたらみんなもそうかもって。

でも問題がありました。

周りがけっこう明るいんだ。他の人達の明かりや、光ってる苔もあるからね。凄い明るいってわけじゃないけど、それでもけっこう明るくて。

どうやって暗くしようか、困っていたら……

「お前達、これを使え」

スノーラがカバンから大きな布を取り出して広げました。

こんなの持ってたの？　って聞いたら、冒険に出かけて疲れた時にゆっくり座れるように、用意してくれていたんだって。レジャーシートみたいな感じ。

魔獣姿のスノーラに寄りかかってゆっくりでもいいけど、他に人がいたらダメでしょう。だから、用意したって。

スノーラ、色々用意してくれていたんだね。なかなかスノーラと冒険に行けないし、依頼に行けないから、僕知らなかったよ。ありがとうスノーラ。

僕達はその大きな布を持って壁に近づきます。そして左上端をドラちゃんが、右上端をルリが持ってくれて、僕とアイスは下の部分をそれぞれ押さえました。

そしたら僕達のいる場所だけ暗くなって、苔がよく見えなくなります。でもある変化が。

地面と壁のくっ付いている部分が、だんだんとキラキラしてきて、白く光る苔が現れたんだ。

最後の一個、絶対この苔だよ！

僕はアイスに布の真ん中を持ってもらって、ヘラで苔を剥がしました。

すぐに剥がせて、手のひらに載っけてみんなに見せます。

「とれちゃ！」

『最後の一個、あってるかな？』

『見つけたなの！』

「みんな並べて見てみようよ」

布をずるずる、みんなで引っ張りながらスノーラの所に。スノーラはニッて笑った後、ささっと布を畳んでくれました。

僕達は、見つけた苔を全部並べてみます。

でも最後の苔は明るくしたら消えちゃったから、それだけは持ったまま。見つけた苔の隣に、僕が手のひらに載せて並べます。

『全部で八！』

『ちゃんと八あるなの！』

「最後のは今見えないけど」

「しゅれいぶしゃんとこ、いこ」

バラバラ持っていけないから、小さな袋をスノーラに出してもらって、その中に全部入れます。袋の中を覗いたら、袋の中は暗いからか、最後の苔がしっかり見えました。

スレイブさんの前に行ったら、みんなで小さい袋を持って、スレイブさんに渡しました。

「しゅれいぶしゃん！　あちゅめちゃ！」

『全部集めたよ！』

『最後のは大変だったなの』

「でもちゃんと見つけたんだ」

「お疲れ様でした。では確認させてもらいますね」

スレイブさんはカバンから紙を取り出して、その上に苔を置いていきます。あの明るいと見えない苔は、袋に入れたまま。

そして全部チェックをしたスレイブさん。待っている間、僕はドキドキ、みんなもソワソワしていたよ。

「確認が終わりました。ちゃんと八個全て見つけましたね。依頼成功です！」

わあぁぁぁ!!

僕もみんなも拍手、それからピョンピョン跳ねたり、スレイブさんやスノーラの周りを回ったり、最後はみんなで『やったぁ!!』のシャキーンッ!! のポーズ。

「帰りに冒険者ギルドでこの紙を提出してください。そしたら報酬を受け取れますよ」

スレイブさんが依頼書に何かを書いた後、スノーラに渡しました。これで今日の洞窟探検は終わりです。来た時みたいに、洞窟探検をしながら外まで戻ります。

でも出口まであと少しの所まで来た時でした。

スレイブさんがもう少しって言って、みんなでまた来たいねって言っていたんだけど。何かを感じた僕は、後ろを振り返りました。

「レン、どうした？」

気づいたスノーラがすぐに僕に聞いてきます。

「うんちょね……わかんにゃい」

「分からない？　魔法陣の感覚か？」

「ううん、ちがう」

そういう変な感じや悪い感じじゃなくて、でも何かあった気がしたの。

明るい感じ？　フワッとした感じもしたし、説明するのが難しい。僕考えちゃったよ。

「見てきます。ここで待っていてください」

スレイブさんが来た道を戻ります。僕達は壁際に寄って、何かあるかもしれないから、スノーラの洋服のポケットにルリとアイスが入って、僕とドラちゃんは手を繋いで待ちました。

スレイブさんはすぐに戻ってきたけど、異常はどこにもなかったって。僕も今は何も感じないし。

「後で我も確認しに来よう。とりあえずここから出た方がいい」

「そうですね」

僕達はまた歩き始めて、無事に洞窟から出ました。

初めての本当の洞窟探検、とっても楽しかったです。

冒険者ギルドに着いたら、スレイブさんはこれからお仕事だから、ここでお別れです。

でもその前に、みんなでちゃんとありがとうをしないとね。

「ありがちょ、ごじゃいまちた！」

『ありがとう、ございました！』

『ヘラ、ありがとなの！』

「ありがとう、ございました!!」

「はい、お疲れ様でした。また一緒に行きましょうね。それからちゃんと受付に依頼書を出してから帰ってくださいね」

スレイブさんはニコッとした後、階段を上っていきます。

僕達はスレイブさんが見えなくなるまでブンブン手を振った後、受付の列に並びました。

今日の報酬は何を貰う？　って、みんなで相談しながら順番が来るのを待ってたら、アイスがもじもじしながらリボンがいいって言ったんだ。

『メダルもリボンも、みんなとお揃いの色、形がいいなの。でもメダルは宝箱に入れるなの。リボンはみんなお揃いで付けられるなの。ボク、お揃いで付けたいなの』

今、僕とルリはお揃いの、最初に貰った報酬のリボンを付けています。ルリは契約しているって証のペンダントの上からリボンを付けていて。僕は相変わらず髪の毛を縛っています。

それを見ていたアイスは、自分も何かお揃いのものが欲しかったんだって。

もう、そういうことなら早く言ってくれればよかったのに。そうしたらすぐに、宝物の中から何か探して、お揃い作ったのに。

僕が思ったのと同じことを、ルリがアイスに言います。

そうしたらアイスが、そうじゃなくて、特別なお揃いで欲しかったんだって。みんなで楽しいことをして、その楽しい思い出の特別なお揃い。

特別……そうだよね、このリボンだって、初めての依頼達成の特別な思い出の報酬だもんね。

うん、僕もリボンが欲しいかも！

僕はドラちゃんに、リボンでいいか聞いてみました。

「うん！　僕もお揃いがいい！　あっ、でも、人の姿の時は洋服に付ければいいけど、変身解いたらどこに付けようかな？　後で考えなくちゃ」

貰う報酬はリボンに決定！　これであとは順番が来るのを待つだけです。

あっ、ちなみに。見つけた苔は、全部スレイブさんが持って行きました。全部使えるんだって。ちゃんとそのことは依頼書に書いておいたから、受付の人に苔を見せなくてもいいんだよ。

「次の方、どうぞ」

やっと僕達の番。代表してアイスがスノーラの手のひらに乗って、依頼書を受付のお兄さんに渡します。

「では確認しますので、少々お待ちください」

ささっといつもみたいに、依頼書を確認するお兄さん。

でも、今日は違うことがありました。途中で止まって別の紙を取り出して、そこに何か書き始めたんだ。

何かダメだったのかな？　僕、ちょっとドキドキしちゃいます。

「はい、確認終わりました。依頼達成、おめでとうございます！」

ふう、よかった。大丈夫だったよ。もう、ドキドキさせないでよね。

お兄さんが箱を取り出して、僕達が見えるようにしてくれます。

「今日は一人二個、報酬を選んでいいですよ」

お兄さんがそう言いました。え？　二個？　どうして？　スノーラがすぐに、どうしてなのか聞いてくれたよ。

「今日の依頼は特別なものだったんです。そしてそれをしっかりと達成した皆様には、報酬を二倍にするようにとの、依頼主様からの指示ですので」

スノーラが詳しく聞いてくれます。

今日のスレイブさんの依頼は、普通の依頼じゃありませんでした。指名依頼っていって、依頼をお願いする人が、必ずこの人に依頼をお願いしたい、っていう時に出すものなんだ
今回スレイブさんは、僕とルリとアイス、それからドラちゃんに依頼を出しました。他の人はできないんだよ。それでその特別の依頼をちゃんとできた僕達に、スレイブさんがよくできたから報酬を増やしてくださいって、書いてあったんだって。そう、二倍ってね。

そんな特別な依頼をしていたなんて、知らなかったよ。それに報酬が二個。

みんなニコニコ、ニヤニヤしちゃったよ。さっきまでリボンにしようねって言っていたけど、メダルもお揃いにすることにしました。

まずはメダルから。草の絵が描いてある銀色のメダルがあって、今日は苔を取ってきたから、このメダルにしようって決まりました。失くさないように、すぐにカバンにしまいます。

次はリボン。ドラちゃんがアイスに選んでいいよって言ってくれて、一生懸命リボンを見るアイス。これじゃない、これは色がダメ、こっちは形がダメ。一匹でぶつぶつ言いながら真剣に選ぶこと数分後。スノーラに早くしろって言われて……

『これにするなの!!』

アイスが選んだリボンは、薄い青色と濃い青色の、全体的にフワフワしているリボンでした。わたぼこみたいにフワフワなんだよ。

人数分のリボンを取って、お兄さんが確認をしたら今日は終了。

お酒を飲む場所じゃなくて、ちょっと休憩できるように用意されているテーブルの方へ移動して、スノーラが一人ずつリボンを付けてくれたよ。そしていつものシャキーンッ!! のポーズ。

帰ったらローレンスさん達みんなに見せなくちゃ。それからスレイブさんに貰ったヘラも見せて、洞窟のお話もして。

ふふ、話したいことといっぱいだよ。今日はとっても楽しかったなぁ。これからも楽しいがいっぱいだといいなぁ。

「――そう、楽しかったみたいでよかったよ。しかももう指名依頼をやるなんて」

「そうだぞ。指名依頼は凄腕《すごうで》の冒険者じゃないと、なかなかやらせてもらえないんだぞ。ちなみに俺は一度だけある。でも、その後は何でだか、みんな俺がやるっていうと、また今度、で終わっちゃうんだよな」

「僕もだよ。最初の依頼、別に失敗したわけじゃないのにさ」

『どんな依頼なの？』

『ルリも知りたい!!』

帰ったらお兄ちゃん達が学校から帰ってきていて、今日の洞窟探検と、苔を綺麗に剥がせたこと。それから指名依頼をして、報酬を二個貰ったことを報告しました。

凄いなって褒めてもらえて嬉しかったんだけど、気になる話をしてくれました。

お兄ちゃん達がやった指名依頼は、僕達がやったのよりももっと難しい依頼だったみたい。

エイデンお兄ちゃんは、お兄ちゃんの同級生と一緒に、盗まれた品物を取り返す依頼を。レオナルドお兄ちゃんは、少し遠くの街へ行く商人さんの護衛を、やっぱり同級生と一緒にやったんだって。

なんか、高学年の授業で、冒険者ギルドや商業ギルドの依頼を受けたり、事前に伝手《つて》がある人は指名依頼を受けたりする授業があるみたい。

お兄ちゃん達はその授業で、初めて指名依頼を受けて、見事に成功しました。でもね、それ以降ぜんぜん指名依頼がこなくて。

「普通の依頼も全然失敗してないし、なんでだろうね？」

「まぁ指名依頼って基本的には待つしかないんだけど……俺達の実力なら来てもおかしくないのにな」

「エイデン。君、本当に分かってないのか？」

「レオナルドも、それ本気で言ってるのかよ」

今喋ったのは、さっき話していたお兄ちゃん達の同級生で、一緒にチームを組んでいるお友達です。遊びに来ていて、今日初めて会いました。

エイデンお兄ちゃんのチームもレオナルドお兄ちゃんのチームも、冒険者ギルドのランクで、上から三番目のBランク。学校の中だと一番いいランクなんだって。普通、卒業する頃にCランクになるみたい。もちろんお兄ちゃん達みたいにBランクになるチームもあるけど、珍しいみたい。

ちなみにお兄ちゃん達は個人ではCランクです。でももう少ししたらBになれるみたい。やっぱり凄いね！

「あれはエイデン、君がやりすぎたから、次から依頼が来なくなったって言ってるだろう」

「レオナルド、お前もだぞ。お前がやりすぎたせいで、依頼が来なくなったんじゃないか」

お友達にそう言われて、お兄ちゃん達は不満そうです。

「あれでやりすぎだなんて、まだ足りないくらいだよ。だって奴らはそれだけのことをしたんだから。何でみんなそう言うのか、それの方がおかしいよ」

「そうそう、俺だってたまたま出くわした盗賊を捕まえただけじゃないか。しっかり捕まえようと思って全力でやったら、その盗賊が襲ってきたわりには弱かったたって言うのは、別に俺のせいじゃないだろう？」

お友達があの時はとか、もう少しだとか。お兄ちゃん達に文句を言って。それを聞いていたら、だいたい何があったか分かりました。

エイデンお兄ちゃん達のチームは、盗まれた骨董品《こっとうひん》を取り返しに、そして犯人を捕まえるために犯人のアジトへ。もちろん、危険に備えてベテラン冒険者も付いてきてもらっていたそうです。

そしてアジトに踏み込んだエイデンお兄ちゃんは、他の友達が一人ずつ犯人を確保している間に、残りの犯人を確保。しかもその途中、見つけられない骨董品があることに気づいて、犯人達に色々な魔法を使って尋問しようとしたんだって。

犯人はお兄ちゃんの魔法にビビって全部話して、全ての骨董品を回収することに成功。ほら、依頼は完璧だったでしょう？

ただ、お兄ちゃんの魔法でアジトが半壊、外から中が丸見えになったの。それで野次馬が集まってボロボロにした犯人とちょっとやりすぎなお兄ちゃん。みんなビックリしていたんだって。

レオナルドお兄ちゃん達の方は、商人さんの護衛で、その時もベテラン冒険者さんが一緒でした。

森に入ってある程度進んだ時に、盗賊に襲われたんだって。馬車と依頼主を守りながらお兄ちゃん達は戦って、お友達が二人ずつ、ベテラン冒険者さんが三人ずつ盗賊を倒して捕まえている間に、レオナルドお兄ちゃんは十人の盗賊を倒したんらしいです。

全員を捕まえてぐるぐる巻きにした後は、盗賊のアジトがどこにあるか、攫った人はいないか聞いて、でも盗賊が答えないから、レオナルドお兄ちゃんは色々な方法で聞いたらしいんだ。そして街で盗賊を引き渡す頃には、盗賊はグッタリ。騎士さん達に連れて行かれる時も、力なく引きずられてたって。

街の人達は盗賊が捕まって喜んでたけど、そんな彼らの様子を見て、苦笑いしていたんだって。何でだろうね？

ほら、やっぱりお兄ちゃん達は凄いんだよ。初めての指名依頼で、そんな悪い人達を捕まえたんだから。

僕もルリ達も凄い凄いって、お兄ちゃん達の周りをぐるぐる走ります。

「まぁ、確かに凄いよ。最初の一度でやりすぎて、その後の依頼が来ないなんて」

「弟君達は素直でいいな。あんなにボロボロの犯人なんて、そうそう見ないぜ。まぁ奴らがボロボロになるのは、自業自得だから仕方ないだけどさ」

「そういえば酔っ払いが、この前犠牲《ぎせい》になっていたね。初めての弟君達の依頼を邪魔して、弟君達に手を出そうとした奴ら」

「あの冒険者、今頃どこで何してるんだろうな？」

僕達の大好きなお兄ちゃん達の、凄いお話が聞けてとってもよかったです。

でも、なんでみんな、こんなにお兄ちゃん達凄いのに、指名依頼してくれないんだろうね？

お兄ちゃん達のお友達が帰って、その後はみんな揃って夜ご飯。

僕達のご飯には、あの透明キノコのスープが並んでました。料理長さんにキノコ食べたいってお願いしたら、スープにしてくれたんだよ。

透明キノコは匂いも味も食べた感触も、松茸そっくりでした。とっても美味しかったです。今度はローレンスさん達の分も取ってきて、みんなで食べたいなぁ。

第7章　怖い夢と突然のお出かけ？

「来たか、ジャガルガ。お前達にはこれをやる。私が捕まえたものだが、こっちは必要ないのでな。これを売るなり何なり、好きにするといい」

前回の会合から二週間。俺はコレイションに呼び出されたのだが、奴はいきなりとあるもの・・・・を渡しながら、そんなことを言い放ってきた。

「おい、捕まえたってどういうことだ。こんなもの捕まえるとは聞いていないぞ。お前達が持って・・・・・いる方のそれもな」

「お前達には関係がないことだ。それと、あの子供についてだが、お前達は手を出すな」

「何だと!!　あれは俺が先に目をつけたんだぞ。勝手なことをぬかしてんじゃねぇ！」

だいたい、俺達が見張るように言われていた魔法陣には、あれ以来何もかからなかった。だというのに、奴らは俺達に知らせていない魔法陣で、二つも捕獲に成功していたなど。

挙句《あげく》にこれが一番頭にきたが、あのガキに手を出すなだと？

最初は見向きもしなかった奴が、今更あの子供に何の用があるってんだ。あれは俺の獲物だ。

「ふざけんじゃねぇぞ。お前、俺に喧嘩を売る気か？」

俺がそう言えば、部下のタノリーとゴザックが俺の前に姿を現し、奴らに剣と杖《つえ》を向ける。俺達があの死んだ奴らと同じだと思うなよ。

「今渡したそいつだけで、あの子供を攫って売る程度の金にはなるはずだが？」

「ふん、そんなこたぁ分かってるよ。だがな、最初に目をつけたのはオレ達だ。横から急に出てくるんじゃねぇ！」

そう簡単に分かったと言うと思うか？

ガキに手を出すなとわざわざ言ってきたということは、あのガキに俺がまだ気づいていない価値があるはずだ。それをこいつは狙っている。それも分かれば、さらに値を上げることもできる。

そんな俺の考えを見抜くように、コレイションは薄く笑みを浮かべる。

「お前の考えていることなど分かっている。だがあの子供は、お前達が思っている以上に使える存在だ。そう、私にとってはな」

「お前にとってもそうかもしれんが、俺達にとってもそうなんだよ。ふん、よっぽどあのガキが欲しいとみえる。だがな、俺達が諦めるなんてことは絶対にねぇんだよ」

「そうか。交渉決裂《けつれつ》か」

「ああ、そうだ。ここからはもう俺達はお前達とは何も関係ねぇ、勝手にやらせてもらうぜ」

そう言って俺が椅子から立ち上がると、コレイションの横に控えていたラジミールが杖を構えた。

こいつと本気でやって、俺達がどれだけもつか。一応こいつは国の魔法機関に所属する魔法師だからな。だが俺がそこらの奴らと一緒だと思うなよ。

と、お互いが攻撃しようとした時、コレイションが割って入った。

「ラジミール、やめておけ、今は面倒事を起こすな」

そう言われラジミールはすぐに後ろに下がる。

俺はタノリーに奴らが寄越してきたアレを渡して、先に出るように言う。

「あれは今までの仕事の代金として貰っておく。それとあの薬もな」

「勝手にするといい。だがあの子供、あれは私が手に入れる。私達を相手にするということの意味を、しっかり考えてから行動するんだな」

「そっちこそ、俺達を舐めない方がいいぞ」

外へ出た俺達は、新たに作った二つのアジトのうちの一つに向かう。

だがどちらもおそらく、奴らに場所を押さえられているだろう。

近いうちにラジミールが来る可能性が高いため、必要なものを持って早めに移動した方がいい。

どちらがあのガキを先に手に入れるか。もちろん俺だ。先に目をつけた俺が絶対手入れてやる。

それにしても奴らはアレを――捕まえてきたもう一体のアレを、どうするつもりだ？

高く売れはするだろうが、それだけだと思うんだが……それも調べた方がいいな。ここからは時間との勝負だ。

◇　◇　◇

「なに？　また声が聞こえただと？」

洞窟の探検から数日後、僕はまた声を聞きました。

とってもとっても小さな声で、ペガサスの子の時もよりももっと聞こえなくて。

だから最初は気づかなくてね、でも何かザワザワしている感じはしていたんだ。

それが声だって気づいたのは、たまたまでした。

お昼寝の時間になって、みんなでベッドに入って静かにしたら、そのザワザワが声だって気づいたの。

すぐに一緒にいてくれたレオナルドお兄ちゃんに声のことを話して、フィオーナさんに伝えてもらいました。ローレンスさんはお仕事でお家にいなかったからね。

それでお昼寝は中止、声がどこから聞こえているか一生懸命探ったんだけど、外から聞こえている気もするし、家の中から聞こえる気もしたし。そのうち声は消えちゃったんだ。

「何と言っていたか分かるか？」

「こえ、ちちゃ。ごにょごにょ、わかりゃにゃい。ごめんしゃい」

「レンが謝ることはない。声が聞こえたということを教えてくれただけでいいんだ」

スノーラがそう言うと、ドラゴンお父さんが顎《あご》に手を当てます。

「また攫われてきたか？　ほぼ毎日、我々が交代で森を見回っていたのに」

「少し行った所の洞窟や海は確認していないだろう？　それに我らは見つけられていないが、レンしか見つけられん魔法陣があったかもしれない。我らはそれを仕掛けた人間の気配すら、分かっていないないから警戒のしようがないしな」

「そこを狙われたか」

「ああ。この辺りの珍しい魔獣となると、誰がいる？　ブラックホードの森は奴が改めて確認をして、珍しい者達を集めて自ら守っている。近隣の森はその森の主に伝えてもらい、それぞれ情報交換はしているから、何かあればすぐに言ってくるはずだ」

「しかしレンが声を聞いたというのならば、もう一度確認してこよう。ついでに、いつもより遠く、今から出ても朝までに帰ってこられる場所まで行ってもいいな……息子よ、父は少し出かけてくる。スノーラ、息子を頼むぞ」

「気をつけろ」

ドラゴンお父さんはドラちゃんの頭を撫でた後、すぐに窓から出て行きました。

僕達はおやつの時間。それで食べた後眠くなっちゃって、中止していたお昼寝をしました。


——ん？

僕は気がつくと、とっても暗くて周りがよく見えない、何もない場所に立っていました。

スノーラを呼んでも、ルリ達を呼んでもぜんぜん反応がないんだ。

見えないけど、どこかにいるかも。そう思った僕は暗い中をどんどん進んでいきます。

それでね、歩きながらもスノーラ達を呼び続けたけど、でもやっぱり反応はありません。

どんどん不安になった僕は、いつの間にか涙がぽろぽろ。

みんなどこにいるの？　何で僕はこんな真っ暗な場所にいるの？

そしてだんだんと歩く速度が遅くなってきた僕。ついにその場にしゃがみ込んじゃいました。

と、その時、今僕がいる暗い空間の向こうに、もっと暗い塊が現れて、それが人の形になったんだ。

「だりぇ？」

何も答えず、どんどん近づいてくる黒い人影。僕は急いで立ち上がって、逃げ始めます。

でも今の僕がそんなに早く逃げられるはずがなくて、すぐに追いつかれそうになっちゃったんだ。

「しゅの！　どこ？　たしゅけて!!」

僕はまた頭を抱えながらしゃがんで、思い切りスノーラのことを呼びました。

そうしたら僕のすぐ近くで、ここに来て初めて声が聞こえたんだ。

『ダメだよ!!　あっち行って!!』

僕はそっと頭を上げます。

そうしたら僕の目の前に、小さな黒い塊がありました。

また黒だよ。でも今までの怖い黒じゃありません。

嫌な感じがぜんぜんしなくて、それからちょっとキラキラしていて、あったかい感じもしたんだ。

僕がぼけっと見ていたら、ヒュンッ!!　と僕の顔の横を通り過ぎた黒い塊。

振り向いたら、黒い塊は黒い人影の前にいました。

『ダメだよ、この子はダメ!!　お前なんかあっち行け!!』

黒い塊がそう言ったら、黒い人影が離れ始めて、そしてフッと暗闇に消えました。

『ごめんね、僕が捕まっちゃったから、君まで狙われちゃって。なんとか僕が抑えられたらいいんだけど。気をつけて。あいつらが君を……』

黒い塊の声はだんだん小さくなっていって、最後何て言っているか分かりませんでした。それからその黒い塊からキラキラの黒が溢れて……

「レン!!」

ハッ!!　と目を覚ます僕。それから目をパチパチ。

ん？　何か変？　って思った僕は目をそっと擦ってみました。

あれ、僕泣いているの？　何で？

おかしいなって思いながら周りを見たら、スノーラにルリ達、それからお兄ちゃん二人が、僕を心配そうに見ていたんだ。ドラちゃんは僕の隣でぐぅぐぅ寝ていたけど。

みんな何でそんな心配な顔して僕を見ているの？

涙を拭いて、くああって伸びをして起き上がります。

「どちたの？」

「どうしたのではない。聞きたいのはこっちだ」

『レン、泣きながら僕達呼んでた』

『どこにいるのって言ってたなの』

「こっちに来ないでとも言っていたのだ。どうした、怖い夢でも見たのか？」

え～？　僕どんな夢を見ていたっけ？　そんな泣くほど怖い夢を見ていたかな？

思い出そうとするんだけど、ぜんぜん思い出せなくて。う～ん。

「わかんにゃい」

「そうか、今はなんともないんだな？」

「うん」

「それならいい」

お兄ちゃん達は、ほっと息をつきます。

「はぁ、もうビックリしたよ。スノーラと話してたら、急に寝てるレンが泣き出すんだもんな」

「でも夢って、けっこう忘れちゃうよね」

結局その後、僕は夢について何も思い出さないまま、いつも通り過ごしました。


次の日の朝、起きたらドラゴンお父さんが帰ってきていました。

僕達がぐっすり眠っていた朝方、約束通り帰ってきたみたいです。

大きな変化はなかったから細かいことは後で話すって、今は自分の部屋で寝ているよ。

『何して遊ぶ？』

『探検ごっこがいいなの！』

『じゃあ、この石隠してもらって探そうよ』

スノーラに石を隠してもらおうと思って、スノーラを呼びました。

でもスノーラは窓際に座って外を見たままです。

聞こえなかったのかなと思った僕は、もう一度スノーラを呼びます。

それでも返事をしてくれないスノーラ。最後はスノーラの所まで行って、洋服を引っ張りました。

「ん？　どうした？」

「しゅのー、よんだにょ。しゅのー、だいじょぶ？　ちゅかれちぇりゅ、ぐあいわりゅい？」

「ああ、すまんすまん、考え事をしていた。それで何だ？」

『探検ごっこ、石隠してなの』

「部屋の中でいいのか？」

僕は頷きます。

石を隠してもらっている時は、僕達は壁の前に立って壁を見て待ちます。

隠す場所が分かったら面白くないでしょう？　スノーラがいいぞって言ったら、探検ごっこ開始です。

ごっこだけど、ちゃんと色々用意してるんだよ。

カバンにスレイブさんに貰ったヘラを入れて、ルリとアイスの分も入れます。ドラちゃんはこの前僕とお揃いのカバンを買ってきたから、それにヘラを入れて。

あとは、石とか宝物を見つけた時にそれを入れる袋でしょう。それからハンカチとか、お腹が空いた時用に、クッキーとお煎餅《せんべい》と飴を、それぞれ一個ずつ。これも三人分ちゃんと入れます。もちろんドラちゃんもね。

ベッドの下を探したり、クローゼットの中を探したり。

みんなと一緒に探しながら、僕はスノーラの方を見ました。

スノーラは僕達が遊び始めると、またさっきと同じ窓の所に座って、それでまたじっと外を見てます。

また考え事かな？　何か気になることがあるのかな？

◇　◇　◇

我、スノーラは窓の縁に座り、昨日のことを思い出す。

昨日のレンは、明らかにいつもと違っていた。

確かにこれまでも時々、夢を見て泣いて起きる時はあった。しかしそれは我からしたら、大したことのない夢で泣いて起きていた。

たとえばこの前は、ルリとアイスと、三人で外でおやつを食べている夢を見て、その時どこからか大きな魔獣が飛んできて、全部おやつを持っていったとか。

その前は冒険をしている夢を見て、せっかく集めた宝物を入れていた袋が破れていて、半分くらいいなくなっていたとか。それを聞いた時は、思わず笑いそうになってしまったが。

だが昨日は、助けて、どこにいるのと我の名を呼んでいた。何かに追いかけられているような反応も見せていた。どんなに起こそうとしても起きず、その間も泣きじゃくるレン。流石の我もどうしようかと慌てた。

そして慌てた理由はもう一つ。

エイデン達には話していないが、レンの魔力に乱れが生じたのだ。

我が何もしなくとも体から溢れる魔力が増え、かと思えばすぐに消える。それを何度も繰り返したのだ。

こうなれば無理矢理にでも魔力を抑え込むか——そう考えた時、急にレンが泣き止んだ。

そして、誰？　ありがとう、と言って、レンは目を覚ました。

レンが昨日見ていたのは、本当にただの夢だったのか？　何者かがレンの精神に干渉《かんしょう》し、それがレンの夢という形で現れたのでは？

昔一度だけだが、そういったかたちで精神に干渉された者を見たことがある。全て同じではないが、それに近い部分が昨日のレンには見られた。

はぁ、やはり一度あいつと過ごした、あの地へ行かなければならないか？　どうするべきか……

◇　◇　◇

次の日もスノーラの様子はちょっと変で、何かをずっと考え込んでいました。もちろんドラゴンお父さんとお話をしている時はいつものスノーラで、しっかりお話をしていたけど。

「しゅのー、だいじょぶ？　おかおこわい」

おやつの時間になってもまだ考えているスノーラ。何を考えているか分からないけど、みんなで考えた方が解決するかも。そう思って僕達はスノーラの所に行きました。

だって、スノーラの顔凄かったんだ。

こう、おでこの所がシワシワに、目は睨んでいるみたいに鋭くなっていて、口もむんって。

僕に言われて、スノーラが鏡を見ました。

それからおでこをさすって、「道理で顔がつってるような、凝《こ》っているような気がした」って。

ほら、それだけ悩んでいるってことでしょう？　そういう時はみんなで考えた方がいいよ。

「すまんすまん、ちょっと難しいことを考えていてな。怖かったか？」

「ううん、ちがう。こわいけどこわくにゃい。しゅのー、かんがえごとちてるだけ」

『考え事、みんなで考えるの』

『もっと怖い顔になっちゃうなの。だからみんなで考えるなの』

僕達はそう言ったんだけどね、今考えていることは、スノーラや大人の人達にしか分からないことだから、僕達じゃダメなんだって。

それを聞いた僕達はちょっとブーブー。

だって話してくれなくちゃ、ダメかどうか分からないじゃない。

と、その時ドラちゃんがいい方法があるって言い出しました。

『えとね、みんなで一緒に考える他に、僕のお父さんはいつもこうやってるよ』

ドラゴンお父さんは、森で何か問題が起きると、すぐに駆けつけて、その問題を解決します。

でもそれがちょっと大変な問題だと、森の魔獣さん達を集めてみんなで相談するんだ。

ただとっても難しい問題や、ドラゴンお父さんにしか解決できないこともあって、その時は今のスノーラみたいに考え事をしてたらしいです。

ただ、そのことについて考える時間はあっという間に終わり。

すぐに「本当にそれが考えるほどのものか」を考えるんだって。

今すぐに解決しないといけないことか、自分が動かないといけないほどのものかってね。

それで、もう少し様子を見てからでもよかったならそれでおしまい。後になってそれがやっぱり解決しないといけなくなったら、その時また考えることにするんだって。

『まぁ、なるようになるだろう。これ以上考えるのは面倒だ。父はゴロゴロするぞ』

そう言って、いつも終わっちゃうみたい。

それを聞いた僕、考えちゃったよ。

それってあんまりいい方法じゃないんじゃや、って。

そう考えたのは僕だけじゃなくて。

『考えない？』

『ゴロゴロ？　ん？　なの？』

ルリとアイスも変な顔をしていました。

だけどスノーラは、楽しそうにしています。

「くくっ、あいつらしいな。しかしそうだな。レン達の言う通り、一人で考えていても結論が出ない場合は、皆で話し合った方がいいな。今日の夜にでも皆が集まった時に話してみよう。レン、皆もありがとう」

スノーラがいつもの優しいスノーラの顔に戻ったよ。それからピリピリしていた感じもなくなって、僕達はちょっと安心して秘密基地に戻りました。

その日の夜、みんなでご飯を食べた後、スノーラは言った通り、ドラゴンお父さんとローレンスさん達と話し合いをしました。

難しいお話って言っていたからね、ローレンスさんのお仕事の部屋で話をするって。

僕達はまったりする部屋でゴロゴロ。そしたらセバスチャンさんがお茶を運んできてくれたんだけど、数えたら今部屋にいる人よりも、カップの数が多くて。

どうしてって聞いたら、これから話し合いをしているスノーラ達の所へ持っていくんだって。

あっ！　ちょっと待って！

僕は急いで自分の部屋に戻って、お菓子箱の中からクッキーを人数分持ってきました。

難しいお話をしているから、きっとスノーラ達は疲れているはず、クッキー食べて頑張ってもらおうと思ったの。

「では、しっかりお届けしますね」

セバスチャンさんがクッキーをそっと受け取って、別に用意したお皿の上に。

スノーラ、早く難しいお話終わるといいね。

その後もゴロゴロして遊んだ僕達。寝る時間になって、スノーラ達はまだお話し合いの最中だったから、レオナルドお兄ちゃんと一緒に寝ました。

そして……


『ごめんね、やっぱりどうしても止められない』

『にゃにを？』

『僕も初めて見たんだ』

『はじめちぇ？』

『うん、こんなの僕は初めて。まぁ、君や人間に比べれば、僕はおじさん？　ってやつかもしれないけど。昔、僕が生まれる前にも同じようなことがあったみたい。あいつ、大丈夫かな？』

『あいちゅ？』

『うん、僕の友達。僕達は正反対、でもとってても相性はよかったんだ。それでいつもずっと一緒でさ。でも、今はバラバラになっちゃった……』

『ばりゃばりゃ』

『そう。バラバラ……あっ！　今日はもう行かなくちゃ。ねぇ、本当に気をつけてね。多分もうすぐだよ。もうすぐ……』

◇　◇　◇

我、スノーラは考え事をしすぎて、レン達に心配をかけてしまったようだ。

レン達のこと、これからのことを考えていたのだが、それで心配をかけてはしょうがないな。

そしてレン達のアドバイス通り、やはり皆に相談しようと思い、エンとローレンスに話があると言って、夕食後に集まってもらった。

「それで話とは？」

「これからについてだ。レンの夢の話は聞いたか？」

「レオナルドから簡単に聞いている。怖い夢を見てうなされ泣いていたと。かなり酷いものだったと聞いたが？」

ローレンスの言葉に、我は頷く。

「我も、レンが夢を見て、あれほどひどく泣いたのを初めて見た」

「そうか……話というのは夢に関係することか？」

「それも含めての話だ。まずは夢の話から。レンは夢だと思っているようだが、もしかするとただの夢ではなく、誰かがレンに干渉している可能性がある」

「どういうことだ？」

我は昔の、レンと同じような反応を示した人間――マサキの仲間が襲われた時の話をした。

どのような攻撃だったのかといえば、人の精神に入り込み、じわじわとその者の心を壊していくというものだ。精神が破壊されるのに伴って、外側――つまり肉体そのものにも影響が出始めていく。

我だけが感じていた、魔力の放出量の変動も、あの攻撃と似ている。

精神攻撃を受けている途中は、魔力のコントロールができなくなり、それも体を蝕《むしば》む原因になっていた。

最終的にはその者は助かったが、死の寸前までいってしまったのだ。

もちろん攻撃をした者を捕らえ、この攻撃について吐かせたが、我々には理解できない魔法で、結局よく分からずじまいだった。

「まさか、そんな攻撃をレンが受けたのか⁉」

焦るローレンスに、我は首を横に振る。

「いや、全く同じというわけではなさそうだ。レンは夢の内容を覚えていなかったようだし、そこは明確に違う点だな。それに体に影響も出ていないからな。様子が似ているというだけで、確信はないのだ」

「はぁ、そうか。それで、レンの様子が、その時の状況と似ているというのは分かったが」

「神は昔と関係があるようなことを匂わせていたいたが……もし、あの攻撃をできる人物が、また出てきたとしたら？」

ガタッ！　とローレンスがソファーから立ち上がる。

「待ってくれ！　その頃使われていた魔法に関係する資料は、全て陛下《へいか》の管理下のもと、特別な場所に保管をしてあるんだぞ。処分しようとしたが、何をしても消すことはできず、仕方がなく特別な保管庫を作ったんだ。場所は陛下と選ばれた数人しか知らないはずだぞ」

「ああ、知っている、アイツに聞いたからな。が、誰にも気づかれず、それが外へと持ち出されていたら？」

「まさかそんなこと。定期的に陛下自ら確認をしているんだぞ」

「確認については、我はなんとも言えんが。そういうことも含め、もしこれ以上、この近辺で何も情報が得られないのであれば、我は一度あいつと暮らした場所へ、あの頃のものを調べに行こうと思っている」

「なるほどな。いい加減ここで、分からないものをずっと調べるより、いいかもしれないな」

「と、考えたのだがな。行くにも色々問題がある」

我だけで行くか、我とレン達だけで行くか、ローレンス達を連れて行くか。

すぐ行って帰ってくるだけならば、最初の二つだ。

我だけ行こうが、レン達を連れていようが、我が本気を出せば首都までは三日で着く。調べ終わった後もすぐに帰ってこられるからな。

が、我らだけで向かった場合、王や首都の連中がどういう対応をしてくるかが未知数だ。ローレンスと以前、話をした時のことを考えれば、我がマサキと契約していたことは知られているはずだし、何かしてくるということはないだろうが……それでも不安はある。

となればやはりローレンスが一緒にいた方が、その辺の対応は楽だし、話も早く進められるだろう。

しかし一緒に行くとなると問題が発生する。

それが分かっているのか、ローレンスはちらりとこちらを見た。

「私が付いていくとなると、ベルンドアまでは急ぎで行けば八日だ」

そう、行くだけで時間がかかってしまうのだ。

流石にローレンスも乗せて、三日も走り続けるのは色々と都合が悪い。

「確かにスノーラの言う通り、調べに行った方がいいだろうが。どうしたものか」

と、その時だった。

ノックが聞こえセバスチャンが中へ入ってくる。

そして我らの前に紅茶を置くと、それの隣にクッキーを置いた。

これは……この可愛い魔獣の袋に入っているクッキーはレン達のものでは？

そう聞くと、我らが疲れているだろうからと、レンが差し入れてくれたらしい。

ふぅ、まったくあいつは。我のことを、皆のことを考えてくれる、とても優しい子だ。

「最後に、でも一枚だけね、と申されておりました」

「はは、そこはしっかりしているな。ありがたく頂こうか」

「もう少し欲しいな」

「おい、レンからのクッキーだぞ。文句があるのなら我がそれも」

「もう少し欲しいと言っただけだろう。これは我の分だ」

ひと口でクッキーを食べてしまうエン。我はしっかり味わって食べるぞ。

そしてこれからのことをしっかりと決めなければ。レンを、レン達を守るために。

◇　◇　◇

「べちゅのばしょ？」

「ああ、ちょっとここから離れた街まで、皆で行くことになった」

二日後、僕達が朝ご飯を食べ終わって遊びに行こうとした時、スノーラが大事な話があるって止めてきました。みんなに話があるんだって。

ドラゴンお父さんも、ドラちゃんに話があるって。

今日まで毎日、スノーラ達はお話をしていました。途中からはブラックホードさんとスチュアートさん、ダイルさん達ギルドの人達も来て話し合いをしていたんだよ。

それでね、僕達は三日後、別の街へ行くことになったんだって。

ルストルニアよりも、もっともっと大きな街で、この国の首都の、ベルンドアって所へ行くみたいです。

『離れた場所？　とっても遠い？』

「ああ、そうだな。皆一緒に行くから、十日くらいかかる」

ルリの言葉に、スノーラが頷きます。

わわ、そんな遠い場所まで行くの？　でも何で急にそんな遠い所まで行くだなんて。

あっ、スノーラ、考えてたのって、このことだったの？

変な気配がしない場所が近くにはないって分かって、それに変な魔法陣のこともあるし。だからここにいたら危ないって、別の場所に移動しようか考えていたんじゃ!?

慌ててスノーラに聞きます。もしかして、お引っ越しじゃないよね!?

「べちゅのばちょ、おひっこち？　みんにゃばいばい!?」

僕、ローレンスさん達のこと大好きだよ。ケビンさんセバスチャンさんアンジェさん、他のお屋敷で働いている人達も大好き。街で働いている人達も。この街のことだって大好きだし。大好きばっかりなのにお引っ越しはやだ！

僕がそう言ったから、ルリ達もビックリ。一緒になってスノーラに詰め寄ります。

「落ち着け。別に引っ越しをするわけではない。用事が済んだらすぐにここへ戻ってくる」

「ほんちょ？」

「ああ、本当だ」

ふぅ、よかった。僕、慌てちゃったよ。

それで、スノーラはなんてベルンドアに行くと決めたのか教えてくれました。

スノーラ達は街に来てからずっと色々調べてきたけど、あんまり情報は集まっていません。

だからスノーラは、今までのこと、神様とお話をした時のこと、それから他にも色々、全体的に考えて、別の場所に調べに行くことにしたんだって。

『スノーラと一緒なら早く行ける。それでも遠い？』

『スノーラ、ビュッ！　て走れるなの』

「確かにそうなのだが」

ルリとアイスの言葉に、スノーラは首を横に振ります。

スノーラが住んでいたのは、もうずっとずっと前。

ベルンドアはその頃と違うことばかりで、スノーラや僕達だけで行っても、スノーラが調べたいことが調べられないかもしれないの。だからローレンスさんにも付いてきてもらって、色々教えてもらいながら調べるみたいです。

じゃあローレンスさんも、スノーラが乗せてあげてってルリが言ったんだけど、それは無理なんだって。

この前お兄ちゃん達が乗った、森からこの街くらいの距離なら大丈夫なんだけど、あまり長時間乗るのは、慣れてないとかなり難しいって。

結界を張れば乗れるけど、でもそれでも少し走っただけで気持ち悪くなったり、眩暈《めまい》がしたり、具合が悪くなるみたい。

だから話し合った結果、みんな一緒に馬車で行くことに決まりました。

行くのはスノーラ、僕、ルリ、アイス、ドラちゃん、ローレンスさん、お兄ちゃん達、セバスチャンさんとケビンさん。

フィオーナさんとアンジェさんは残るみたい。あ、それとスチュアートさん騎士さん達も、護衛のためにもちろん行くよ。

それから僕達がいない間は、ドラゴンお父さんが街を守ってくれます。ブラックホードさんも見回りに来てくれるって。

みんなが変な気配と魔法陣のことを解決しようって、動いてくれるんだ。

そっか、それなら僕達もすぐに準備しなくちゃね。卵はもちろん一緒だよ。

あとは何日も馬車に乗るからおもちゃも持っていかなくちゃ。

それから、それから――

『レン、準備!!』

『持ってくものいっぱいなの!!』

「みんにゃ、おへやいく!!」

『何持って行く？』

『おもちゃいっぱいなの！』

僕達はお部屋に走ります、まぁいつものように、よちよち走りだけど。

「父さんあれ、普通の旅行に行くみたいになってない？」

「ははっ。まぁ、レン達はそれくらいに思っていた方がいいだろう」

何持って行こうかな？　早く用意しないと。

ベルンドアで何か分かって、全部が解決できたらいいなぁ。

月が導く異世界道中
Tsukiga Michibiku Isekai Dochu
あずみ圭
Azumi Kei
1~18
8.5
シリーズ累計
350万部
(電子含む)
の超人気作!
TVアニメ 第2期
2024年1月から
2クール
放送決定!
異世界へと召喚された平凡な高校生、深澄真。彼は女神に「顔が不細工」と罵られ、問答無用で最果ての荒野に飛ばされてしまう。人の温もりを求めて彷徨う真だが、仲間になった美女達は、元竜と元蜘蛛!? とことん不運、されどチートな真の異世界珍道中が始まった!
2期までに
原作シリーズもチェック!
●各定価：1320円(10%税込)
●illustration：マツモトミツアキ
1~18巻好評発売中!!
漫画：木野コトラ
●各定価：748円(10%税込) ●B6判
コミックス1~12巻好評発売中!!

異世界に射出された俺、『大地の力』で快適森暮らし始めます!
著 らもえ
『大地の力』で何でもサクサク創造しちゃいます!
理不尽に飛ばされた異世界で……
愉快な人外たちと
悠々自適な
DIYライフ!!
神を自称する男に異世界へ射出された俺、杉浦耕平。もらったスキルは『異言語理解』と『簡易鑑定』だけ。だが、そんな状況を見かねたお地蔵様から、『大地の力』というレアスキルを追加で授かることに。木や石から快適なマイホームを作ったり、強力なゴーレムを作って仲間にしたりと異世界でのサバイバルは思っていたより順調!?　次第に増えていく愉快な人外たちと一緒に、俺は森で異世界ライフを謳歌するぞ!
◎定価:1320円(10%税込)　◎ISBN 978-4-434-32310-2　◎illustration:コダケ
アルファポリス

この作品に対する皆様のご意見・ご感想をお待ちしております。
おハガキ・お手紙は以下の宛先にお送りください。

【宛先】
〒150-6008 東京都渋谷区恵比寿 4-20-3 恵比寿ｶﾞｰﾃﾞﾝﾌﾟﾚｲｽﾀﾜｰ 8F
（株）アルファポリス　書籍感想係

メールフォームでのご意見・ご感想は右のＱＲコードから、
あるいは以下のワードで検索をかけてください。

アルファポリス　書籍の感想　検索

ご感想はこちらから

本書は Web サイト「アルファポリス」（https://www.alphapolis.co.jp/）に投稿されたものを、改題、改稿、加筆のうえ、書籍化したものです。

可愛《かわい》いけど最強《さいきょう》？　異世界《いせかい》でもふもふ友達《ともだち》と大冒険《だいぼうけん》！ 2

ありぽん

2023年 7月 31日初版発行

編集－村上達哉・芦田尚
編集長－太田鉄平
発行者－梶本雄介
発行所－株式会社アルファポリス
〒150-6008 東京都渋谷区恵比寿4-20-3 恵比寿ｶﾞｰﾃﾞﾝﾌﾟﾚｲｽﾀﾜｰ8F
TEL 03-6277-1601（営業）　03-6277-1602（編集）
URL https://www.alphapolis.co.jp/
発売元－株式会社星雲社（共同出版社・流通責任出版社）
〒112-0005 東京都文京区水道1-3-30
TEL 03-3868-3275
装丁・本文イラスト－中林ずん（https://potofu.me/zunbayashi）
装丁デザイン－AFTERGLOW
印刷－中央精版印刷株式会社

価格はカバーに表示されてあります。
落丁乱丁の場合はアルファポリスまでご連絡ください。
送料は小社負担でお取り替えします。

ISBN978-4-434-32313-3 C0093